怪奇
博物館

The Strange Museum

101

黑色繩索

The Black Rope

夜不語
——
著

怪奇博物館 The Strange Museum 101

CONTENTS

自序

成都的霾又重了。

進入冬天後，整日整日見不到陽光，陰霾籠罩了城市四十多天，許多人都得了抑鬱症。也在冬天，我結束連載長達十六年之久的《夜不語詭秘檔案》，開始寫這本新書。

先來說說書吧，《怪奇博物館》的定位仍舊是恐怖懸疑，有怪物有殭屍，有捉怪的法門；有跌宕起伏的劇情，也有兩條腿的惡人以及沒腿的凶靈。會有傳統，會有情有愛和熱血，但是這一次，不會再死女主角。

主角也會和上一本書的主角夜不語有相同的地方，也有不同的地方。他堅強毅然，機智如妖，有一腔熱血。在這顛簸起伏，魑魅魍魎的危險世界中，他從不迷茫，哪怕實現願望的前途險阻重重，他也一力往前，絕不退縮。

愚哉世人，明明是妖怪，卻以為美。迷哉愚人！明明是忠告，卻以為妄。

《怪奇博物館》這本書，滿紙煙雲，講的就是這樣一個世界，講的就是這樣的人間。

最近我的乖女兒餃子放假，滿屋子的亂跑。經常跑的我腦袋痛，她會認識些字，老是跑到我的書房，翻著我的書櫃看我寫的恐怖小說。

有時候我真的不知道該開心還是該擔心。

這小鬼有講恐怖故事的天賦，不知是不是真遺傳到我。餃子每次幼稚園一到午覺的時候，就不愛睡，老是跟隔壁小朋友講鬼故事。嚇得小朋友們的小心肝怦怦跳，哇哇的不敢午睡。

有一次她把老師都給嚇到。

在一次幼稚園講故事大賽中，她故事的主題是——我的爸爸。

據老師將我請到幼稚園後的複述，故事的開頭是這樣的。我的爸爸有一個書櫃，但是那個書櫃從來沒有人敢打開。爸爸也不敢。爸爸用很多黃色的符咒將書櫃給封住，每一個縫隙都沒有放過。

因為一到午夜十二點，書櫃裡書中的鬼怪就會跑出來。如果不用符咒將書櫃封印，跑出來的鬼會溜進我的書包裡，跟著我一起到幼稚園來。

你們看，我的書包脹鼓鼓的，對不對？其實我書包裡什麼都沒有裝，我翻給你們看……

書包。

幼稚園大班一整班小朋友連帶老師都被嚇傻了，至今都沒有小屁孩敢拿錯她的

件事帶過了。

哎，我該拿我家的小屁孩怎麼辦！只得給每位老師一人送了一本簽名書，將這

後，天氣能好些吧。

說話間，成都的霾更重了。像是我小說裡常常提及的瘴氣鬼域。希望今年開春

新的系列，依然是類似夜不語系列的章回式恐怖懸疑敘述風格。敬請期待。

新的小說，新的開始。希望新書大家能喜歡，也請，繼續支持。

夜不語

怪奇
博物館

The Strange Museum

籠罩在霧氣裡，烏黑骯髒的大門、烏煙瘴氣的樓梯和滴水的走廊；一排排老舊的房門緊閉。

這是棟看起來至少有百年以上歷史的六層私人博物館，年久失修。巷道中，門庭前，充斥著讓人後背發涼的寒意。

「失敗了，還是失敗了。哎！」博物館的管理室內，一位古稀老人不甘的咽下最後一口氣。他乾枯的手裡，抓著一把密密麻麻的沉重青銅鑰匙。

每一把斑駁長滿銅銹的鑰匙，都代表著一個房間。

當古稀老人死亡的瞬間，博物館裡，每一扇門都在猛地晃動。這些緊鎖的房門內，門後無數的恐怖存在，想要掙脫出來，來到人間。

博物館管理人一旦死亡，就沒有東西能再束縛它們。眼看所有的門，都將要破掉。

就在這時，有三個人突然走進來。

兩女一男。

中間那個男人從管理人僵硬的手上將鑰匙拿過去，隨手一搖。

鑰匙猛地發出清脆的一連串響。

這串響，雖然不大，卻猶如驚雷。被激烈撞擊的門，陡然就安靜下去，彷彿受到極大的鎮壓。

做完這一切後，三個人推門走出去。

01 一串鑰匙

奶奶的，昨天前，夜諾還是個根正苗紅的無神論者。

但特麼，現在是啥情況。

有點畫風不對啊喂。

他，眼睛直直的盯著天花板看。

沒有動，可，那東西並沒有消失。

那特麼到底是啥東西？

夜諾看到自己病床上的屋頂，一個老頭漂浮在天花板上，正用慈祥的目光，陰惻惻的對他笑著。

難不成是創傷後遺症？

之後，夜諾察覺到這間醫院，有更多不合常理的地方。

例如那個對自己笑的，佔據天花板一直不消失的老頭。又例如隔壁病床，一簾之隔的隔間內，常常傳來玻璃彈珠落地，劈裡啪啦的響聲。

以及小女孩毛骨悚然的嬉笑。

天可憐見，這間病房總共只有三個床位，且只住了他一人。哪裡來的小女孩的笑聲，哪有老頭子會磁懸浮技能，抵禦地心引力，漂浮起來的。

特麼，自己難不成見鬼了？又或者自己腦袋真撞出問題？

夜諾作為正在讀大二的「科學騷年」，不認為這個世界上有鬼。他活了二十年，此前的人生也根本就沒有見過鬼。

但是每多在這間病房待一分鐘，他的精神越是委靡。明明昨天他還挺正常的，果然還是因為昨天被房梁砸到腦袋了嗎？

昨天夜諾破天荒去收拾父母的房間，因為他窮的發瘋了。

自從父母五年前去世後，這間臥室他就再也沒有進去過。意外的是，他竟然翻出一個古舊斑駁的青銅盒子，盒子上有九條黑漆漆的鎖鏈，但那些鎖鏈全部都被打開了。

盒子頂部用油性筆寫著幾個黑字：

「夜諾乖，千萬不要打開。」

是老爸的筆跡。

「裝神弄鬼的，這絕對是老爸藏私房錢的地方。」夜諾怎麼可能聽死掉的老爸的話。他將蓋子掀開，頓時失望。

銅盒子中只有一串古怪沉重的青銅鑰匙。

「這些都是什麼鑰匙，怎麼有那麼多把？我家可沒這麼多扇門！」他愣愣的蹲下身，下意識把鑰匙從盒子裡拿起來。

就在這時，地動山搖。特麼的父母留下來的那棟房子，竟然塌了……塌了！

你妹妹娘家的仙人板板啊。

鬼知道老爸為了藏私房錢，居然挖掉承重牆。青銅盒子只要被人拽出來，整片牆就會倒掉。

用得著做到這地步嗎？老爸，你這個死財迷！

等夜諾醒過來的時候，就已經住進醫院的病房。

然後他的眼睛就能看到磁懸浮老頭，和那個愛笑的小姑娘了。

晚上小姑娘的笑，越發刺耳。陰森的笑，彷彿能夠鑽入他的骨頭裡。

更可怕的是那個天花板上的老頭。他居然開始玩起雜技，四肢倒掛在天花板，腦袋朝後一百八十度，仍舊一眨不眨的用慈祥的凶光，死盯著夜諾看個不停。而且還常常閒著沒事，在天花板上手腳並用，瞎溜達。

突然，那個磁懸浮老頭的身旁，唐突的浮現出一行血淋淋的文字：

「暗物質怪物：垂釣者。等級：雞一。危險程度：極低。由於您等級過低，垂釣者對您的死亡威脅為百分之百，它會用脖子纏死您。暗物博物館具象化進度，百分之二十。」

「雞一？」

這串文字一閃而過。夜諾擺擺頭，非常困擾，完了完了，你看，腦子果然被砸壞了。

夜諾覺得，自己如果再住下去，一定會死在這間病房中。

但是他將自己強烈想要換病房的請求告訴護士和醫生後，沒有人重視。護士乾巴巴的扔給他一句，所有病房都住滿了，沒有空床的話後，又背著他嘀嘀咕咕的抱怨。

說什麼夜諾被送進來後，一個親戚都沒有來看望他過。

說什麼夜諾還欠醫院的錢，再不找人去繳費，醫院就要停藥趕他出去了。

「這個看錢的社會啊。」夜諾只能苦笑兩聲。他現在窮逼，哪裡來的錢去繳費。換不了病房，他急也沒用。

普通人遇到這種靈異事件，大概會嚇得心臟梗塞。要遇到膽小的，早瘋了。而夜諾卻沒怕，他一邊饒有興趣的觀察著天花板上的老大爺，一邊具體問題具體分析，努力將眼前的現象合理化。

不，或許壞掉的並不是自己的腦子。

在這詭異的病房住到第六天的時候，夜諾終於明白，自己的腦子沒有因為房子倒塌而撞出問題，自己眼睛看到的磁懸浮老頭，和右邊床位的陰森小女孩的笑，都是客觀存在的。

都是有物質基礎的。

證據就是，小女孩那嚇人的笑，真的在不斷的朝著他的骨頭裡鑽。

第七天凌晨時分，夜諾又被那折磨人的彈珠落地聲給吵醒。

昏暗的病房內，一顆顆血紅的彈珠，從右邊的隔間底部縫隙，緩慢的滾到他的床下。彈珠裡猶如流淌著血，每顆都倒影著夜諾扭曲的臉。

突然，又一串文字彈出來：

「暗物質怪物：玩彈珠的少女。等級：雜一。危險程度：極低。由於您等級過低，玩彈珠的少女對您的死亡威脅為百分之百，它會用彈珠玩死您。暗物博物館具象化進度，百分之七十。」

怪了，怎麼又出現這串文字。難道這些文字，也都不是房子塌，頭被砸的後遺症？

夜諾百思不得其解。

「嘻嘻，你能看到我，對嗎？大哥哥。」隨著彈珠滾落，那個小女孩除了笑聲外，還意外的開始說話：「我好冷，我好累。我找不到媽媽了。我好孤獨，嗚嗚……」

那聲音沒有絲毫小孩子應該有的甜美。拉長的陰森語調，不斷迴盪在狹小的空氣中，和每一粒空氣粒子交融。夜諾手腳都打了石膏，只有右手能動。

他感覺背脊發涼，心臟怦怦亂跳。

「大哥哥，你也很孤獨，對吧。我來陪你，你等等我，我就快過來了。」小女孩的聲音仍舊在響起：「我要鑽進你的骨頭裡，到時候，咱們倆，就再也不會孤單了。」

隔壁的床，猛地搖晃幾下，發出難聽的摩擦聲。彷彿真的有什麼東西，從那空蕩蕩的病床上，掙扎著跳下去。

天花板上的磁懸浮老頭也不甘示弱，這傢伙見小女孩要來了，連忙從屋頂倒掛的姿態，轉了過來。

腦袋垂下，用力往下吊。四肢仍舊在天護板上固定得死死的，但是老頭的脖子，竟然變長了。

它努力的想要將脖子探過來，從天花板一直探向夜諾。老頭面上的慈祥微笑，猶如戴著的可怕面具。他眼裡的凶光，根本難以掩飾。

「特麼，這不科學啊。」夜諾破口大罵，毫不猶豫按下呼叫鈴。

護士來了，一如以往，根本看不到隔壁的小女孩以及天花板上的老頭。吩咐夜諾不要亂玩呼叫鈴後就離開了。

留下夜諾一人在病房中，在老頭慈祥的兇惡目光中，凌亂。

隔間的簾子，微微動彈一下，猶如清風吹過。一個一百二十公分高的小孩身影，緩緩凸出在簾子上。

簾子不斷的朝夜諾靠近，越來越近。終於，整個簾子都不堪重負，從天花板上被扯下來。

簾子落下，空無一物。

夜諾睜大眼，死盯著簾子落地的位置。哪怕什麼也沒看到，他也絲毫沒有放鬆警惕。天花板上的老頭，也拚命的在朝他接近。

它的脖子彷彿拉長的麵團，拽著腦袋往下垂，場面極為詭異。

「大哥哥，嘻嘻。我就在你，背後喔。」突然，耳畔吹過一絲冰涼的風。像是有誰靠近自己的耳朵，在說著悄悄話。

夜諾毛骨悚然，仍然忍住沒有回頭。他的自制力極強，他不斷地在腦子中分析著現狀。得出的結論是，這些神秘的怪物能說的每一句話，都絕對不能相信。

它們想要自己死。

這是一定的，從第一次見到它們的時候，夜諾就已經明白，如果這些怪物有能力殺死他，為什麼還要花那麼多功夫，嚇唬自己？

這說明，它們暫時沒辦法殺死自己。只能一步一步的降低自己的抵抗力和求生欲。

「大哥哥，你為什麼不看看我。」小女孩的聲音不斷的在夜諾的耳畔遊蕩不定。老頭的臉，已經垂到和夜諾面對面的高度。

它皺巴巴猶如老核桃似的面容，那假笑的慈祥，越發恐怖。老頭一直繞動長長的脖子，想要用長脖子，將夜諾纏起來。

而突然，一隻冰涼涼的小手摸到夜諾的脖子上。

「大哥哥，你好溫暖。我要鑽進你的骨頭裡，那樣一定更暖和。」小女孩甜甜的對著他說。

之後那雙小手，拽住夜諾的喉嚨。一點一點往上爬，夜諾甚至能感覺到小女孩濕答答的長髮纏住自己的胳膊。

情況有點不太對。根本就不是忍住不看對方，儘量忽略對方，事情就能解決的。

夜諾心臟狂跳，他不斷的思索著對策。

繼續待在床上，會死！

他一用力，毫不猶豫的將手腳上的石膏砸碎。起身翻下床。老頭纏過來的脖子，纏空了。慈祥的笑變得驚悚萬分，憤怒的瞪了拚命躲開的夜諾一眼。然後又痛苦萬分的吊長脖子，用腦袋朝夜諾追去。

夜諾在地上滾了幾下後，突然心裡叫糟。

該死，老頭是躲開了。但是卻落入小女孩的圈套裡。

他眼前，一雙小巧骯髒的紅色皮鞋，出現在跟前。

「大哥哥，你終於下床了。好高興，我好高興。」陰惻惻的笑響起，大量的紅色彈珠從鞋子的主人手裡彈落。

劈裡啪啦一陣響，每一顆彈珠裡，彷彿都流淌著猩紅的血。

「你妹的。」夜諾很快就淹沒在紅色彈珠的海洋中。小女孩用冷得刺骨的手再次抓住他，拚命的朝他的身體裡鑽。

不甘示弱的老頭，它的腦袋也遊蕩過來。老頭張開大嘴，滿嘴都是漆黑的牙齒，它吐出蛞蝓般的細長舌頭，想要將舌頭探入夜諾的耳朵孔，直戳大腦。

「特麼的，這都是什麼東西。我也太衰了吧。」夜諾不甘心，他拚命的開動腦洞，拚命想辦法解決眼前的超自然危機。

可是他應對此類危機的經驗嚴重不足，就在垂死之際，突然從耳畔傳來一陣金屬鑰匙碰撞的響聲。

「暗物博物館具象化進度，百分之百。」

不知何時，一串鑰匙出現在他手中。這串鑰匙，分明是一個禮拜前他從青銅盒子裡拿出來的那一串。

可接下來的一幕，讓他徹底震驚了！

夜諾突然感覺世界彷彿顫抖一下，視線在飛速倒退。

回過神來的時候，夜諾發現自己哪裡還在病房中。他分明到一處陰暗的荒涼的建築物內。

這特麼，到底是哪裡？

這是一棟六層樓高的建築。建築上還殘留著原本的名字。

——暗物博物館。

黑乎乎的牆面被風雨蠶食得斑駁不堪，外牆脫落嚴重。但是主體結構還算牢固。

一扇大鐵門將建築和外界隔開。

門內門外，猶如兩個世界。

夜諾站立的地方，長滿半人高的雜亂蒿草。透過密密麻麻的草叢，隱約能看到一座殘破、破敗的噴泉。

這裡應該是這個神秘博物館的前花園。

夜諾皺皺眉，順著雜草中的青石板路往前走，就來到主建築前。

這棟六層爛樓的第一層，只有一條半鏤空的走廊，走廊上的玻璃都已經破碎成渣，散落一地。

走廊內側，是一排合攏的門。

每一扇門都有編號。

但奇怪的是，這些門全都沒有把手，更沒有鑰匙孔。

夜諾隨意的來到一扇門前，用力推推。門從後邊被鎖死。走廊上全是殘破的蜘蛛網，地上鋪滿灰塵。他回頭一看，灰塵上，只有他孤獨的腳印。

他還想往前走，突然，一股無形的力量隔絕他前進的方向。那股力量猶如結界，看不到摸不到，但是夜諾分明像是撞到玻璃似的，無論如何都繞不過去。

「怪地方。」夜諾撓撓頭，轉頭朝別的方向走。

建築物內明明空無一人，但是他卻有一股被窺視的感覺。窺視他的視線不止一個兩個，而是無數個。

他被看的有些後背發涼。在這個老舊建築物中，刺骨的陰冷，還在不斷的朝他的皮膚、肌肉，骨頭潛入。想要將他徹底凍結。

最後，夜諾走進一個掛著博物館管理員室的房間。這也是暗物博物館唯一能打開的門。

一腳踏入，渾身的陰冷陡然消失的無影無蹤。

「咦。這地方，有問題。」夜諾看著管理室內的裝潢，眉頭一皺。

管理室明顯在不久前還有人居住。不，不光如此，房間裡處處都有剛剛才打掃過的痕跡。可這個建築物，他能確定，許久以來怕是只有自己一人進出過。

地面的灰塵就是證明。

那麼問題來了，是誰打掃了管理室？打掃的人，是如何不踩著地上的灰塵而進出的？

就在這時，冷不防一陣指甲刮玻璃的刺耳噪音，響了起來。

夜諾順著聲音傳來的方向回頭，看到一面鏡子。聲音是從鏡子裡傳出來的。而鏡子邊上則有一張Ａ４大小的白紙。

白紙白的渾然天成，很容易吸引目光。

當夜諾的視線落在白紙上時，突然，白紙上一筆一劃，神奇的寫出一串資訊：

管理員編號 2174：夜諾。

等級：見習期一級管理員（候補）

身體綜合素質：5

智商：190

暗能量：3

博物館許可權點：0

擁有遺物：無

注意，您有一個試煉任務，請儘快完成

夜諾愣了愣，這張紙上寫出來的東西，特麼全是乾貨啊。

自己的情況自己知道，就說夜諾其實從小時候開始，就是別人口中的別人家的孩子。他打小就有一個技能，那便是過目不忘。據說這是一種病，叫做超憶症。所以屬性上高達 190 的智商，也並沒有那麼誇張。

好的記憶，本來就在智商評價中佔據極高的分數。

至於身體綜合素質，呃，從小爸爸媽媽就教育他要當一個平凡的好人。他尋思著要啥叫平凡，那不就一個字，懶嘛。

所以用懶貫徹人生目標的夜諾，體力大概也就跟尋常人的普通值差不多，恐怕還要低上那麼一點。

但是，喂喂，那個暗能量是啥鬼？博物館許可權又是啥鬼？遺物到底是啥東西？這三行名詞，每一個字他都認識，可是合在一起，就不知所謂了。

夜諾分析，如果前幾天浮現在磁懸浮老頭和玩彈珠的少女身旁的血色文字是這個怪異的博物館搞的鬼的話，那就說明，那兩個怪物，就是某種暗物質怪物。

啥叫暗物質怪物？

夜諾感覺自己一腦袋抓瞎。

搞不懂啊，兄弟，來個人解釋一下行不？

還有白紙的最後一行，自己有一個必要任務？

夜諾伸出手，在白紙上一點。突然白紙上的字跡全部消失，重新變成了一張慘白的紙張。只聽「擦擦擦」的一陣響。

又幾行字出現在紙上。

——0號試煉任務

血色管理室

新的管理者啊，您並沒有受到博物館的承認。除非您證明你自己，否則，您將成為過去式

目標：在24小時內，逃離管理室

成功：成為見習期一級管理員，獲得新手獎勵

失敗：死

最後一個死字血淋淋的，看的夜諾不寒而慄。難怪剛才屬性頁面上，自己的等級是見習期一級管理員候補，原來是這麼回事。

自己暫時沒有被博物館承認，所以並不是正式的管理員。

特麼，這簡直就是套路啊。

哥能不答應嗎？

畢竟失敗了會死啊喂。

把我快快樂樂的平凡日常還給我啊，混帳。

不管夜諾的哀嚎，陡然間，A4白紙上的字再次抹盡，恢復那一身慘白。而白紙邊上的鏡子中，出現滴血的倒數。

五秒、

三秒、

一秒。

試煉開始。

眼睜睜看著倒數歸零後，有些心驚膽戰的夜諾發現周圍的環境並沒有任何變化。

他愣了愣，雙手交叉，將視線移離鏡子，再次仔細的打量起管理室內的環境來。

說實話，這個管理室挺大的。約有六十平方公尺，但是擺設並不複雜。或許歷代的管理者，應該全都在管理室裡居住。

為什麼夜諾會認為這個博物館之前還有管理員，這不明擺著嗎？自己的編號可是2174。在他之前可見得還有兩千多位管理員存在的。

至於現在，大概那些管理員恐怕是全都死了。

這六十平方公尺的空間，被家具分割成好幾塊功能區域。

床在最裡邊，床頭櫃空空蕩蕩，只有一個老舊的檯燈。床的一側，擺放著小巧的雙人沙發。沙發對面，有一台古董電視。

這種電視，就連跳蚤市場，恐怕也不容易買得到。

客廳區再過去一點，有一個簡易的小廚房。但是廚房很少用，一塵不染，有微波爐，還有一個燒瓦斯罐的燃氣爐。

管理室有兩扇大窗戶，以及獨立的衛生間。衛生間中甚至還有中古浴缸。

「這裡的擺設倒是和小型公寓沒差別。」夜諾將手機的倒數，調整到倒數三小時後，徑直朝房門走去。

深呼吸一口氣，他扭動門把手。

令他驚訝的是，門把手竟然動了。

02 血色試煉

夜諾微微皺眉，原本以為任務開始後，這扇門無論如何都打不開。沒想到竟然能打開。

還是說，打開門，會遇到可怕的危險？

夜諾思忖一番後，迅速將門拉開，之後向後躲避。

管理室的門發出一陣摩擦聲，向內移動，露出古老的博物館外的風景。陽光灑落在門前，遠遠的看到大鐵門旁，幾棵梧桐樹，正在風中搖曳。

一副歲月靜好的模樣。

「太奇怪了。」夜諾絲毫不敢放心，他從兜裡掏出一枚硬幣，朝門外扔去。

硬幣翻滾著，滾過門前的實木走廊，慢吞吞歪扭扭的滾入院子裡。

「似乎，沒危險。」他深吸一口氣，速度一步踏出，衝出管理室的門。

猛地眼前一黑，還沒等夜諾反應過來，他就感覺自己好幾步都踏空。身體趺趺撞撞，根本收不住速度。

他在地上滾了好幾下後，抬起頭觀察四周。

一看之下大吃一驚。頭頂是熟悉的天花板，天花板上的百年歷史吊燈一動不動，發出要死不活的光。

他疑惑的撐起身體，臉色大變。

該死，怎麼明明自己已經跑出門，卻又回到管理室內。情況，果然沒那麼簡單。之後的半個小時，夜諾用了無數種辦法，最後發現，無論是從門還是從窗戶。只要身體一離開管理室，就會再次回來。彷彿門窗外的世界，有無數個管理室。

管理室內的六十平方公尺空間，成了個只能在四維空間出現的，永遠無法逃脫的克萊因瓶。

夜諾安靜下來。他坐到沙發上，安安靜靜的思索。

現狀有點糟糕。至少，比他想像中更加麻煩。

一開始夜諾本以為管理室內的試煉，應該會有無數的機關。但是哪想到，機關沒有，卻有一股超自然的力量，將管理室籠罩起來。這股力量改變了物理法則和空間法則，用人類現有的科學知識，根本無法逃生。

死亡倒數，還剩下二十三小時二十分。

夜諾咬咬指甲，拚命思索著接下來的辦法。就在這時，他突然感覺眼皮涼涼的，似乎有什麼尖銳冰冷的金屬物，正在不斷朝雙眼接近。

他背後一陣毛骨悚然，等醒悟過來的時候，險些已經晚了。

「該死，到底是怎麼回事！」夜諾大罵一聲。

只見原本坐在沙發上的自己，不知道什麼時候竟然坐到鏡子前。鏡子裡，他的右手正拿著一把鏽跡斑斑的鋒利剪刀。

剪刀張開，手把上全是血跡。

而他自己本人，居然抓著那把剪刀，用力朝自己的雙眼刺去！

鏡子中的夜諾，在笑。

那扭曲的笑容，根本就不是他能笑的出來的。讓他背脊發涼。

剪刀，已經近在咫尺。不需要一秒鐘，他的雙眼就會被自己刺瞎！

眼看著那把鏽跡斑斑的剪刀不知從哪裡冒出來，又是什麼時候被自己抓在手裡，往眼睛裡插去的瞬間。夜諾極快的神經反應速度，救了他一命。

他的身體一動不動，腦袋拚命的往右邊扭。險之又險的躲過鋒利剪刀的穿刺。眼睛暫時保住了，可自己的手仍舊不聽使喚的操縱著剪刀，再次朝夜諾的腦門心刺去。

「奇怪，為什麼我全身都動彈不了？」夜諾第二次僥倖躲開。他眯著眼睛，冷靜的觀察著周圍。

管理室裡安安靜靜，眼前的鏡子同樣很古舊。如果沒有記錯的話，這面鏡子之前應該擺放在東面牆壁的一個不起眼的角落中。

但現在，鏡子不知怎麼回事，突然擺放在桌子上。這和自己恍神的那十多秒鐘，有關聯嗎？

夜諾注視著鏡子，終於看清，到底是什麼在操控自己的手。

斑駁的鏡面中，管理室的光同樣不明亮，照入鏡子中的光線更加暗淡。但是鏡子裡的夜諾，赫然被無數帶著血色半透明的手拽著。這些手瘦的皮包骨頭，異常恐怖。有的手死死拽著他的身體，讓他不能動彈。

還有更多的手，將他的雙手牢牢固定住。正是這些手，操縱著手裡的剪刀，想要將他殺死。

夜諾冷哼一聲，迅速想到辦法。在剪刀第五次刺向他的頭時，他躲開後用腦袋使勁兒的撞向鏡子。

鏡子被他的腦袋撞中，竟然沒有絲毫碎裂的跡象。特麼這竟然是一面銅鏡。

鏡子裡無數的手在拍著掌，彷彿在嘲笑夜諾的白癡。但是夜諾只是笑著，眼神平淡的注視著這面銅鏡。

銅鏡中的淡紅手掌繼續想要操縱夜諾的手，將他幹掉。可它們突然覺得，夜諾鏡子裡的鏡像，竟然再也抓不住了。

手掌嘗試許多次，明明夜諾仍舊在鏡子中，可是他彷彿又並不在鏡子裡。夜諾在笑，嘴角淡淡的嘲笑。讓手掌們受到刺激似的憤怒不已。

「抓不到我了，是不是很驚訝？」夜諾輕聲問。

手掌們下意識的點手。

「因為你們抓住的，不過是我的鏡像中的鏡像罷了。」夜諾努努嘴，站起來。這一站起，鏡子裡就出現無數個他。

其實夜諾，早就看清楚面前的是一面銅鏡。他一開始便沒有打算將銅鏡撞碎，而是經過縝密的計算，將鏡子移動了些許的位置。

這是個用生命來賭的賭局。

夜諾賭的就是鏡子中的手掌們，只能抓住他本體的鏡像。一旦鏡像次數變成複數，它們的神秘力量，就會失效。

他賭贏了。

銅鏡裡的恐怖手爪發出無聲的嘶吼，它們感覺自己被耍了。夜諾利用管理室內的三面鏡子，通過鏡面折射原理，成功的將自己的鏡像折射三次後，才以刁鑽的角度進入銅鏡中。

看似簡單的行為，卻需要強大的判斷能力和計算力。哪怕只差了一點點，也會造成更糟糕的後果。

但夜諾就是這麼牛逼的存在。他笑嘻嘻的走向鏡子，鏡子裡的鬼爪們彷彿感覺到不妙，紛紛向後退。

它們恐懼的看到，夜諾不知從哪裡，找來了一把沉重的錘子。

鬼爪們紛紛用手相互糾纏著，顯然在害怕。夜諾嘿嘿笑著，對著鏡子就砸下去。但是這一砸，竟然只砸在桌子上。銅鏡，居然猶如被一雙無形的手推著，滾開了。

他正準備追過去，突然感到地板也不太對勁。

這塊實木的地板剛剛還挺平整，可猛然間就起伏不定，彷彿有什麼可怕的生物在地板下呼吸。一起一伏間夜諾險些站不穩。他迅速的扶著牆，看著眼前怪異的一幕。

地板起伏了一段時間後，房間再次回復平靜。

現在，三小時倒數，還剩兩個小時。

「好冷。」夜諾感到渾身刺痛。自從進入管理室後，這個房間內就開始降溫，只穿著夏季服裝的他，現在就連呼出的氣，也蒙上一層白。

氣溫，降到大約零度左右。

他用雙手捂住露在衣服外的胳膊，不斷摩擦。溫度越來越低，不多時，管理室內的一切，都全蓋上白霜。

入眼所見，白茫茫一片。

夜諾從床上找來一床毛巾被，蓋在自己身上。他長長的眼睫毛被凍結，呼出的氣也在周圍的是陰冷空氣裡凍結。

「寒氣是從哪裡來的？」他朝四周看看。終於找到這冰冷空氣的來源。

隱藏在天花板上的一雙血紅的眼睛。

這雙眼睛不大，很難注意到。佔據著天花板的平面，眼睛下一張大嘴裡全是細碎的尖牙。嘴裡更是不斷地往外吐陰氣。

「找死！」夜諾找了個凳子，想要用棉被將那張嘴給堵住。

大嘴嘎嘎笑了兩聲，滿天花板迅速移動起來。

他追了兩下後，沒再繼續追趕。反正也追不上。夜諾繼續觀察四周，寒冷還在加速，現在已經零下十度了。

暴露在極度寒冷中的他，撐不了多久。

夜諾披著被子，倒是也沒急。他在管理室裡走來走去，天花板上的大嘴見這傢伙拿自己沒辦法，更是得意。血紅眼睛裡的凶光更甚了。

溫度還在下降。

夜諾不時撿起地上的東西砸它，大嘴怪物全躲開。但是它的得意並沒有維持多久，正當它再一次躲避向房屋右側的時候，突然，大嘴怪整個身體再也無法動彈。像是被某種無形的東西釘死了般，一動不動。

「中計了！」夜諾笑道。

天花板上的大嘴怪不斷的噴出冰冷吐息，一邊拚命的掙扎。但是它仍舊動彈不得，它的正下方，一面斑駁的銅鏡倒映著它的身影。鏡子裡無數半透明的血手，將它牢牢拽住。

大嘴再也笑不起來了，它惶恐的看著夜諾朝自己靠近。

夜諾又將大錘拿在手裡，小心翼翼的來到一個銅鏡無法將他照進去的位置。用力的朝大嘴怪物掄下去。

大嘴怪撕心裂肺的發出疼痛的吼聲。

一錘接著一錘。脆弱的天花板被夜諾敲下來一大塊。大嘴怪物尖叫著，再也穩不住身形。整個漆黑的身軀猶如一道戾氣的煙，被鏡子裡的無數小手們，生生的拽進了銅鏡裡，不知去向。

周圍的溫度以驚人的速度回升，很快就恢復夏日的正常氣溫。

「扛過第二波了，真不知道還有幾波。」夜諾撇撇嘴，他不敢怠慢。誰知道這恐怖的管理室中，還會用什麼更加可怕的詭異方法，來奪走他的命。

突然，夜諾「咦」了一聲。被他砸碎的天花板上，赫然出現一個空洞。空洞裡黑黝黝的，彷彿是一條通道。

「陷阱，還是逃生的機會？」夜諾思忖一番後，決定爬上去試試。

他用家具搭建簡易架子，手腳並用，爬入天花板中。

在夜諾的記憶裡，管理室位於「暗物博物館」一樓的門廳後邊，可以透過窗戶玻璃看到大鐵門。這棟六層高的建築物，每一層樓都很平均，大約三公尺高。

管理室的層高兩公尺半，如果刨開天花板的三十公分厚度。天花板以上的空間，最多只有二十公分才對。

但出人意料的是，一樓和二樓之間，竟然有夾層。只要撬開天花板，就能進入夾層裡。這夾層大約一點二公尺高，夜諾只能跪在地上爬行。

掏出手機當做照明工具，他往前爬了一段距離。

夾層裡滿是污穢的黴味，惡臭熏天。他大概爬了有十多公尺，猛然間，手機的閃光燈，照射到前方一個物體。

是屍體，一具人類的屍體。

夜諾皺皺眉爬上去，只見這具穿著白色的T恤和黑色的短褲的屍體已經白骨化。白骨生前顯然死的很痛苦，骨頭上出現因為嚴重飢餓才會產生的特有痕跡。

這個人，是活生生被餓死的。

夜諾越看這具骨頭，越覺得眼熟。像是想到什麼，他迅速爬上前，抓起白骨的右手中指，仔細的打量起來。

白骨中指的骨節上，有一道淺淺的刻痕。不顯眼。

夜諾頓時倒吸一口涼氣。他意識到一件極為可怕的事情。

眼前的白骨，分明就是他自己。

骨節上的傷痕，是他小時候不小心受到的傷。這白骨上的衣物，赫然也和他現在的打扮一模一樣。自己在爬入天花板以後，就已經死了。不知為何，根本無法從天花板的隔間中逃離。

最後餓死在裡邊。

但這怎麼可能，如果他已經餓死了。現在的他又是怎麼回事？難道這分明是將來，將會發生的事？

不，這太不科學了。甚至違背基本的物理法則和時間法則。難不成，在這個夾層中，超自然的力量連時間都能操縱？

這個夾層，讓原本線狀的時間線，變成了亂麻般的時空凌亂帶？

如果真是這樣，這暗物博物館，恐怕比自己想像的還要更加可怕的多。這地方，到底是怎樣的存在？

夜諾迅速讓自己冷靜下來，接受眼前的事實。

假如自己真的繼續待在夾層中，恐怕會真的和眼前的白骨預兆的那樣，死掉。

他轉頭一看，頓然又大吃一驚，接著苦笑不已。

身後，原本只有十公尺遠的被他砸落的天花板，竟然已經不知在何時不見了。

管理室內傳遞進來的光，消失的無影無蹤。

用手電筒向後照，只能看到空蕩蕩，幽暗曲折的通道，不知通往哪裡，更不知，有沒有盡頭。

無奈之下，夜諾只能繼續往前爬，尋找出口。

這一爬，就爬了半個多小時。離生死賭約，只剩下一個半小時而已。

每爬一段，夜諾就震驚一次。

越是往前爬，他越能頻繁的碰見皚皚屍骨。無一例外，這些白森森的屍骨，全是屬於死去的他自己的，死亡的方式，也不盡相同。

有餓死，有受傷而死，有得了敗血症而亡，有劇烈運動後患上橫紋肌溶解症而死掉。但是最多的，卻是在這無盡的夾層中，看不到希望，自殺身亡的。

夜諾完全無法想像，到底是怎樣的絕望，才會令自己淪落到自殺的地步。

就這樣又過了十多分鐘後，突然，眼前竟然出現了一道亮光。

「會不會又是陷阱？」夜諾有些躊躇。

這個詭異的夾層，並不是個歲月靜好的場所。每一步每一個異常，都飽含著致命的危機。最終夜諾決定向光亮處爬。

待在原地，只會變成通道裡的那些白骨，還不如繼續一搏。發亮的位置並不遠，他靠近後，先是小心翼翼的朝裡邊望了一眼。

只一眼，他就呆了。

「玩我啊。」夜諾喃喃道。這處光亮竟然是夾層的缺口，透過缺口，可以看到一個老舊的所在。赫然正是博物館管理室。

難不成他繞了一圈，又回到原本的地方？不，絕不會那麼簡單。

夜諾皺眉，翻身跳下夾層。就在他跳下的瞬間，剛剛看在眼裡，原本還算乾淨整潔的管理室竟然剎那變了模樣。

無數的莽莽白骨，堆積在地板上，根本數不清有多少數量。每個白骨都穿著和夜諾同樣的衣服，它們曾經在某一條時間線上，都是夜諾本人。

成百上千的夜諾，都死在管理室中，經過歲月摧殘，時光風化，只剩下恐怖的骨頭。夜諾往前走兩步，脆弱的白骨隨著他的動作，唰唰唰的掉落骨渣，甚至還有骨頭直接化為灰燼，散落一地。

哪怕是內心強大的夜諾，也止不住毛骨悚然。

「好可怕的地方。」夜諾第一時間消除內心的恐懼，打量四周。

這裡，絕對不是他第一次進入的管理室。而是位於某條時間線上的管理室。說起來很拗口，但倒是並不難以解釋。

如果他每三個小時在這個管理室死亡一次的話，同樣的過程重複一千年，大概就是眼前的面貌了。

夜諾沒在這個死亡空間待多長時間。這裡的管理室大門仍舊可以打開，打開後的風景，一片末日般恐怖。外界坍塌的高樓，骯髒污穢的空氣，不斷重複的淒涼尖叫不知從哪裡冒出來。

但是當他一腳跨出後，果不其然，仍舊會再次回到管理室內。

剩下的時間不多了。

就在他準備重新爬回天花板上時。突然，夜諾發現管理室中的累累骸骨，彷彿多了些許的變化。有些骸骨的姿勢，不太對。

他皺皺眉頭，頓時大駭。

這些屬於自己的骸骨，正在從躺著的姿勢，變得想要站起來。脆弱的骸骨們，每一隻每一隻，都在朝著夜諾站立的位置拚命的伸出手。

夜諾眨了下眼睛，大量的骸骨，真的爬行起來。

所有骸骨想要抓他，甚至最近的幾隻骨爪，已經拽住他的腳踝。

「什麼情況！」夜諾額頭上滑下一滴冷汗。

很顯然，此地不宜久留。難怪地上堆積了那麼多骨頭架子，原來大部分的自己，其實是被這些死而復活的骸骨給殺死的。

嚇了一大跳的夜諾用力將抓住他的骸骨給踩成碎渣，他不停的逃，在成千上萬拖拽著白森森的骨架爬行的骸骨中逃，用隨身帶著的一把小錘子砸出一條活路。

好不容易才再次逃回天花板上。

管理室內的骸骨們仍舊不死心，活著的夜諾對這些骨架子有天生的吸引力，它們本能的想要啃食他的血肉。它們一堆一堆的堆積著，彷彿成群的白蟻，想要跟著他攀爬到天花板內。

夜諾找了一塊重物，將天花板給封死後，這才深深鬆了口氣，有股死裡逃生的餘悸。他沒歇息多久，就開始繼續往前爬。

不知不覺，二十四小時，就只剩下一個小時。

天花板上的夾層很有意思，每隔幾十公尺，都會出現一個豁口，讓夜諾能夠跳入管理室內。接下來的一個小時，他穿行在一個又一個的管理室，每一個管理室，都能遇到越來越詭異的可怕怪物和離奇的風景。

時間，還剩下兩分鐘。

終於，夜諾第三百七十六次跳進某個時間線中的管理室。坐在管理室的那面鏡子前後，就不再繼續想辦法逃。

他的大腦瘋狂的轉動著，計算著什麼。

再兩分鐘，他就會被博物館抹殺，但是他反而不急了。

「這個暗物博物館能把我拉進來，還能重疊出無數個管理室空間。那麼它一定位於某種空間裂縫當中，而且這空間裂縫，應該是剛剛具象化出來的。只要是新的空間裂縫，根據物理法則，都不可能穩當。」

夜諾咬著自己的手指甲，大腦運算的更快了。

「不，空間不可能無限。那些骸骨的數量證明，應該只有三百七十六個，我把所有的管理室都全部逛了一圈。至於猜測對不對，只能賭一把了。」

一邊自言自語，夜諾一邊攤手，他的手心裡赫然有一個自製的遙控器。這亂七八糟拼湊出來的遙控器，是夜諾用管理室內的物件製作的。

花了接近二十四小時，他一併製作的還有三百七十六個利用生活用品製作的炸彈。

每一個空間和時間線上的管理室中，他都放了一個。

夜諾所在的管理室，正是他第一次來的那一個。當初爬出去的時候，夜諾特意做了個記號。那記號還在。

或許，這個管理室才是物理存在的。它連通著所有空間意義和時間意義上的其他管理室。夜諾當然無法肯定，他只能靠賭。

用命賭。

如果在同一時間，將不同時間線和空間線上的管理室都引爆，會發生什麼？

恐怖龍柱 03

夜諾賭的就是這一點，或許，引爆會炸死他。也有可能，引爆會在這不穩定的空間裡產生連鎖反應，反而讓空間穩定下來。

他沒別的選擇。

還剩三十秒。

夜諾再等機會，所有的時間空間都重疊的機會。他用驚人的超級記憶，將三百七十六個空間中的一切細節都記的清清楚楚。

這是他敢賭的籌碼。

「就是現在！」說時遲那時快，就在倒數只剩下五秒的時候，夜諾按下引爆按鈕。只聽轟隆隆的一陣巨響，自製炸彈在身後爆炸了。

劇烈的火光轟然燃起，伴隨著轟隆隆的巨響。

夜諾感覺自己被爆炸的氣浪掀起來，整個人都衝出去。管理室的門在爆炸中轟然破碎，夜諾一眨不眨的睜大眼睛，他被拋飛，跑出破裂的門。

門外風景一閃，又是一個破碎的空間，爆炸的管理室。

夜諾感覺自己一瞬間飛越無數的管理室的大門，無數的爆炸在各個空間線以及時間線發生。終於，他停下來，摔在前花園的地上。

背後一公尺遠處，管理室的大門大開著。管理室內的擺設一如昨日，沒有絲毫損壞。而自己跟前，歲月靜好。兩棵梧桐樹在風中搖曳，天空也彷彿明亮了些。

天空流雲流轉不休，黑壓壓的穹頂，也露出欣喜的蔚藍。

「贏了！」夜諾摔得七葷八素，好不容易才從地上爬起來，拍拍一身灰塵。

他猶豫一下，重新走入管理室。這一路走進去，感覺不同了。原本博物館中特有的冷厲變得柔和起來，難道這是得到博物館承認的標誌？

果不其然，夜諾迫不及待的走到Ａ４紙前，視線一接觸後，紙張一筆一劃，開始描述夜諾的資料。

管理員編號 2174：夜諾

等級：見習期一級管理員

身體綜合素質：5

智商：190

暗能量：3

博物館許可權點：10

擁有遺物：無

注意，您有一個新手獎勵包，請在下方抽屜裡領取。

「完成了！見習管理員後邊的候補兩個字沒有了，證明我完成了任務。」夜諾樂呵呵的笑起來。

新手禮包中有什麼，他很期待。

拉開鏡子下方的抽屜，抽屜裡頓時出現兩樣東西。一個是白色的大珠，大約有成年人的拳頭大小。另一件也是珠子，三顆串在一條紅色的繩子上，翠綠翠綠的很好看，是一條手鏈。

夜諾看了這兩個東西幾眼，看不出所以然來。特麼，這兩個獎勵，到底是啥玩意兒，來人解釋啊，混帳。

就在這時，突然從他頭邊上的鏡子裡傳來敲擊聲。夜諾愕然的抬頭一看，竟然看到十分恐怖的東西。

鏡子內的世界，倒映著除他外空無一人的管理室。緊接著，一隻青色的猙獰血手出現了。

這隻鬼手，兀自漂浮在空中，手腕斷裂處佈滿萎縮的血管和撕扯造成的破裂性傷口。

從爛肉的分佈判斷，這隻血手至少被埋入土中一百年以上後，又被人挖出來。五根乾枯的指頭，極為恐怖。

夜諾倒吸一口涼氣，他頭皮發麻。

這東西是什麼鬼？

「別害怕，我是你在博物館的助手小靈通。」這隻鏡子裡的血手不會說話，它用食指在鏡子對面，寫上了這一句文字。

忽略這行文字血淋淋的模樣，其實它還有點俏皮。

「你是博物館的管家？」夜諾眼前一亮，終於來個可以說話的了。難道是老天爺聽到自己的祈禱？

「可不是，你這話說得多有意思。不然你以為這個倒閉的博物館平常是誰在打掃。」也許是很久沒有說話，哦，不對，很久沒有寫字了，這血手顯然是個話癆。

「無所謂了，你替我解釋解釋。我有許多疑惑的地方。」夜諾確實很疑惑：「這個博物館是怎麼回事？」

血手寫道：「要解釋清楚這個問題，要從太陽系初開開始講起，不過你沒有那麼多時間。我就簡要的說幾句。你知不知道，四十五億地球史，共經歷了十一次物種大滅絕。其實每一次，都和太陽系進入暗物質密集帶有關。而最近的一次，是兩千萬年前，地球進入了暗物質密集帶，導致恐龍滅絕。」

「啊，還有這個說法？」夜諾愣了愣。

「而這一次，輪到人類。」

「人類也要滅絕了，因為太陽系又再次進入暗物質密集帶。」

夜諾聽得有些懵，這信息量，略大了點啊。

「你的意思是，我要成為地球以及人類的救世主，帶領人類躲過種族滅絕的危機？」夜諾腰板一挺，頓覺自己的身影偉岸光明，形象光輝巨大。天將降大任於斯人也，我的肩膀好沉重啊。

「屁的咧，臭不要臉的。」血手鄙視的看了夜諾一眼，雖然它沒有眼：「別給自己腦袋上扣大帽子，臉上貼金子。你的主要目的，是完成博物館中每一扇門的任務，討好每一扇門中的大人們。這樣你才能保住自己的小命！」

……奶奶的，夜諾滿腦袋黑線。

你明明畫了那麼大一個餅，又是種族大滅絕，又是暗物質密集帶啥的。現在你告訴我，老子只是個被博物館拉進來跑腿的小人物，這個落差有點大了吧，喂喂。

「好了，你的時間不多了。」血手又道。

「什麼意思，什麼時間不多了？」

「博物館只是暫時具象化成功而已，現在還位於不穩定的空間裂縫中。你必須要找到一個靠譜的位置，讓它徹底具象化，這樣博物館才能穩定。你快拿起你的獎勵。」

「這兩個獎勵是啥？」夜諾問。

「白色的那一個，是開竅珠。所有完成零號試煉任務的管理員都能得到，是開啟以及儲存暗能量的重要遺物，只有得到它，才能真正和博物館綁定在一起。至於那串珠子，你自己摸索。」血手不耐煩地寫道。

夜諾一把將拳頭大的白珠子抓起來，皮膚接觸的一瞬間，那珠子竟然就朝他的身體血肉裡鑽。夜諾還來不及害怕，珠子就已經鑽入了他丹田的位置。

只聽嘩啦啦一陣響，原本揣在褲兜裡的那一大串青銅鑰匙，居然也飛起來，化為一道流光，直接竄入了他丹田裡的開竅珠中。

而那串有三顆翠綠珠子的手鏈，夜諾只來得及戴在手中，就看到血手一拳頭打破了鏡子，活生生衝出來。

「快，這個臨時空間就要破裂了。儘快將博物館徹底具象化！」說完，血手化為一隻蒼天大手，一把抓住夜諾，然後朝外一扔。

夜諾感覺自己彷彿跨越時間和空間的距離，摔出去。這一摔，就摔在硬梆梆的床上。

這張床，他熟悉。

正是被博物館吸進去之前自己待的病房。

夜諾這才明白，血手說的博物館的時間不穩定是怎麼回事。明明自己出去了一天多，可這裡仍舊停留在一秒前的時間線上。

磁懸浮老頭以及玩彈珠的少女，正在攻擊他，想要殺死他。

「你妹的，這怎麼搞！」夜諾大駭。

這是要被秒殺的節奏啊。

「大哥哥，剛剛你消失去哪裡了，陪我玩啊。」少女拿著彈珠，劈裡啪啦的彈珠一直在朝夜諾的皮膚裡鑽。

磁懸浮老頭也不甘示弱，倒吊著的長脖子，就快要把夜諾給死死纏住了。

「要死了，嗚嗚。」夜諾感覺無法呼吸。

就在這時，一個冰冷的女性聲音赫然響起：

「管理員 2174，察覺到您有生命危險。是否願意花費十點許可權，開啟新手教程？」

「開！」現在哪裡還管得了那麼多，夜諾也沒時間吐槽這個博物館到底有多坑，居然開啟新手教程也要用許可權買這件事了。

「確認管理員 2174 的許可權點足夠，許可權點已扣除，新手教程開啟。」

說時遲那時快，夜諾腦海裡貌似浮現出了一本書，書上有開竅珠的使用方法，以及手上那條手鏈的大概說明。

手鏈叫做翠玉手鏈，是一件遺物。內部含有某種特殊的能量，可以對暗物質怪物進行有效的攻擊。

而開竅珠的功能則有許多。一是真正意義上的開竅。每個人體內都多多少少蘊含著暗能量，但基本上都無法利用。而開竅珠就是一種媒介，可以讓夜諾調動身體裡的暗能量。只不過現在夜諾，暫時還沒有使用暗能量的法門罷了。

開竅珠則是可以少部分儲存死亡的暗物質怪物的能量。如果比喻為升級打怪的話，這個功能就類似於經驗條。經驗夠了，夜諾的身體情況就會有一個極大的改善。

一瞬間，夜諾已經將這兩件遺物了然於心。

他心裡有底了，面對著這兩隻極為低級的暗物質怪物。他稍微冷靜下來，注意力集中在翠玉手鏈上。

只是對準兩隻怪物一拉，陡然間，從翠玉手鏈裡傾瀉出一道刺眼的翠綠色光芒。兩隻怪物臉色駭然，猛地想要向後退。

「給我死！」

夜諾冷哼一聲，這道翠綠的能量猶如暗物質怪物天生的剋星，一閃而逝，生生闖入兩隻怪物的體內。怪物們慘嚎一聲，拚命掙扎之下，最終被翠綠的能量化為一灘黑乎乎的污水，漸漸蒸騰在空氣中，消失的無影無蹤。

同時，兩股力量飛入夜諾體內的開竅珠裡。這算是增加經驗值了？

「呼。」夜諾喘了一口粗氣，折騰這麼久，他雖然累，但精神卻異常雀躍。

沒想到一天之前感覺絕對會殺死自己的兩隻怪物，那麼好解決。

更沒想到找老爸的私房錢，竟然找到這麼個奇怪的博物館出來。為什麼老爸會有博物館的鑰匙，難不成他是上一代博物館的管理員？

夜諾越想，越覺得老爸老媽的死亡，似乎有些蹊蹺。難不成，他們並不是真的死掉了？

當天，夜諾辦了出院手續。老爸老媽留給他的家雖然已經塌了，但是無所謂。他在家附近找了一塊空地，溜達一圈後，覺得這地方不打烊，是個好地方。

於是他將一個手掌大小的博物館模型摸出來，放在地上，澆了些水。

說時遲那時快，黑乎乎的模型陡然間膨脹起來。越膨脹越大，很快就變成正常的大小。夜諾摸摸額頭上的汗水，博物館終於穩定下來。

「進去吧，看看第一個任務是什麼。」夜諾深呼吸一口氣，他拍拍心口。

一串青銅鑰匙就出現在手中。

他用鑰匙串中唯一的一把紅鑰匙，將博物館斑駁的鐵質大門打開，走進去。

再次進來熟門熟路，夜諾路過前花園，順著走廊，來到管理室旁第一樓的第一個房間前。

這扇門和博物館的所有門一樣，全部緊閉著，他從手裡的那串鑰匙鏈中找到標註為 101 的鑰匙，但是卻找不到開門的鎖孔。

這扇門平淡無奇，上面沒有任何圖案，凹凸不平的表面甚至看不出是用什麼木料製成的。

「血手，這間博物館，到底是怎麼回事？」夜諾問。

血手的承載體應該就是鏡子，它能出現在任何鏡子的內部。在夜諾身後就有一面鏡子，鬼手應聲出現後，用手指寫道：「博物館有自己的目的。」

夜諾瞇瞇眼睛，準確的捕捉到鬼手話中的話：「你是說，這間博物館，其實有生命。甚至本身就是一種生命體？」

只有生命，才會自有目的。否則一堆石頭躺在那裡，你說它會有自己的目的和生存意義嗎？當然不可能有。

但是血手顯然並不想回答他的這個問題。

於是夜諾換了個問題：「血手，這扇門該怎麼打開？」

這一次血手回答的倒是很爽快：「你要先得到門後的承認。」

夜諾倒吸一口涼氣：「你的意思是說，門後也有某種生物存在？我只有替它做某件事，它才會將鑰匙孔露出來，讓我開門進去？」

「是。」血手點點食指。

「有點意思。」夜諾感覺這個博物館，越發神秘。博物館的存在不明，目的不明，每一個房間，包括管理室中，都擁有超自然的力量。

「該怎麼和門內的存在溝通？」夜諾又問。

他實在是太好奇了，好奇的想立刻打開門，看看第一扇門背後，到底有什麼。

「敲三下門，用中指的指節。」血手寫道。

夜諾點點頭，不長不短的剛好敲了三下。

陡然，原本凹凸不平的 101 號門上，突然出現了幾行字：

——新的管理者啊，現在的春城潛伏著致命危機。在這個孤獨的城市裡，所有的孤獨者都會躲在孤島上，否則無法倖免。

找出威脅的真相，將威脅背後的秘密，貢獻給我。

我將開啟這扇門。

時限：6天。

失敗或超時限，新的管理者啊，你將會變成過去式。

夜諾靜靜的看著這行突然出現，又突然消失的文字，苦笑起來：「哎，我平凡的日常啊。」

又是個死亡任務。

媽蛋，把我平靜的日常，還回來啊喂。

就在夜諾焦頭爛額的分析第一扇門上的任務，到底該怎麼尋找線索的時候。卻不知道，門上文字沒有說錯，一些恐怖的事情，正在這座孤獨的都市裡蔓延。

孤獨的人成了孤島，只能將自己蜷縮在城市孤島中，尋求救贖。一旦踏出多餘的一步，便會神秘的死掉。

有人說，人類很奇怪，最危險的最激進，最安全的最憂患，最默不作聲的最飢餓。這同樣符合人類的年齡。

人類在少年時期，好奇心往往會到達頂峰。所以所謂的都市傳說，最愛嚇唬的，通常都是年輕人。又例如聽了都市傳說後，不怕死的跑去傳說中的地點找死的，同樣往往都是年輕人。

入夜了，正好是貓哭，流浪狗叫的時刻。隨著一陣陣淒厲的貓嚎，有幾個不怕死的年輕人偷偷的在一條小巷子裡集中起來。

「咱們森立高中靈異研究社的人，都到齊了沒？」一個戴著眼鏡的高三生，問身旁的一位文靜女孩。

「社長，都到。一共五人，實到五人。一個都沒有缺。」文靜女孩叫羅琳，是靈異研究社的副社長。

這個叫做森立高中靈異研究社的古怪社團，成員只有可憐巴巴的五人。但是這些人大概都熱愛靈異事件，經常利用業餘時間，到春城的都市傳說熱點，來進行直播。

在業餘的靈異探險直播圈內，說實在話，森立靈異研究社，還是有點名氣的。粉絲數也快要破兩千大關。

「社長，今天我們要直播什麼？」女社員語蓉興奮的問：「你神秘兮兮的，一直沒肯告訴咱們。」

「今天我們社團活動，要搞個大的。如果成功了，說不定直播間的粉絲數會突破五千人，甚至直接上萬。」眼鏡社長叫孫吉，是個十足的靈異恐怖小說迷。據說他寫過一些短篇小說，還成功在雜誌上發表。

最主要的是，無論是春城多麼偏門的都市傳說，社長都很清楚。

社員張佳一臉懶洋洋的：「搞什麼大的嘛，幸好今天是禮拜六，不然以咱們學校的調性，能溜得出來才怪。早點弄完早點回去，快十二點了，好睏。我的睡眠激素分泌的越來越旺盛了。」

最後一個社員袁兵鄙視道：「張佳，誰不知道你進靈異社完全是因為你家要你必須參加一個社團。你這個人太懶了，如果有辦法能不呼吸的話，你大概連呼吸都能省掉。」

張佳成功的被激起怨氣：「早知道靈異社要經常社會考察，我特麼才不會參加呢。比足球隊都累，至少人家足球隊，不會半夜三更跑到市中心來。」

「安啦安啦，我知道大半夜溜出來，你們都有怨言。但是社長這次查到的都市傳說，真的很勁爆。」副社長羅琳溫溫柔柔的說：「我保證。」

社長一邊調試設備，一邊帶著集合好的社員朝異常陰冷的午夜街道走。路上，只有昏暗的街燈照亮四周。黑壓壓的天空，似乎在預示著什麼不好的事，將要發生。

「到。」孫吉手拿自拍桿，將攝影機對準前方。他們五人來到一座複雜的高架橋下，時間剛好是夜晚十一點五十分。

寂靜的街道，幾乎沒有行人，更沒有車輛。就算是白天，高架橋下方也是陰森的所在。終年不見陽光，只能種植一些喜陰的植物。就在社員們站著的不遠處，有一根極為顯眼的高架橋支撐柱。

說它顯眼，完全是相對於附近的別外幾十根柱子。其餘的高架橋支撐柱上都爬滿了爬山虎，綠油油的很是喜人。哪怕是沒有爬著藤蔓植物，露出來的柱子表面，也是灰色的混凝土模樣。

唯獨那根柱子，非常奇怪。整根柱子都用鎏金雕刻著一條五爪金龍。這條龍雕工很好，活靈活現。在夜色中，在陰暗的街燈照耀下，甚至像是活過來似的。每一隻爪子竟都在冷光裡反射著鋒利的色澤，看得人不寒而慄。

最可怕的是那條盤龍的眼。

五爪金龍的眼珠子，似乎正一眨不眨的，盯著五人看。看的所有人都猛地打個寒顫。

「龍柱？」通常都懶洋洋的張佳瞪大眼睛，他感到後背發涼：「這一根，莫不就是春城十大不可思議中，排第一的高架橋龍柱？待在春城這麼多年了，我還是第一次見到。沒想到第一次看它，就是午夜。要死了啊！」

龍柱的傳說，每個春城人幾乎都知道。但是知道的版本卻各有不同。社員們都大失所望，因為龍柱在春城太出名了。原本神秘兮兮的社長特意叫上他們午夜出來，說是找到個所有人都絕對想不到的神秘東西。

沒想到卻帶他們來看龍柱，這有什麼好看的。

副社長羅琳感到社員們失望的情緒，輕輕一笑：「各位先別急，咱們社長這次是真的挖到寶了。」

眼鏡娘羅琳作為副社長很稱職，比社長靠譜多了。有她保證，幾個失望的社員頓時又來了精神。難不成，社長這次並不是帶他們來看午夜的龍柱，而是有別的都市傳說，正好就在龍柱附近？

接著他們又失望了，社長將手機攝影機對準龍柱後，打開了直播軟體。

張佳撇撇嘴，抱怨道：「敢情還真是來看龍柱的。委屈我極度飢渴的睡眠了。」

「安靜。」社長瞪了他一眼，有些緊張的站在鏡頭前，說道：「春城龍柱的傳說，本地人大概都略微知道一些。不過看直播的各位應該都來自於天南海北，不知道也正常，所以由我來代表探險隊解釋一下。」

直播間內，觀眾人數只有寥寥幾百人。孫吉也沒在意，他知道只要繼續直播下去，等到他爆出了好不容易才搞到手的猛料後，他的直播間人數一定會暴漲。

「春城一共有三百座左右大大小小的高架橋。咱們眼前的這座高架橋位於春城很繁華的地段，按理說它不是春城最大的，也不是春城修建時間最早的。但，這座高架橋，絕對是所有高架橋中，最特殊的。就因為這根柱子，這個雕刻著五爪金龍的柱子。」

「我這裡有一組資料，三百多座高架橋中，一共有長長短短的支撐柱一萬多根。唯獨只有咱們眼前的這一根柱子上，刻著金龍。為什麼這根柱子有龍，別的柱子上就只有藤蔓植物？這要從春城一段特殊的歷史說起……」

「哦，忘了介紹了。相信春城的人都知道，這座橋叫做春蘭高架，是春城第三座高架橋，修建於一九七〇年。距今已有四十年歷史了。當年地勘隊在修建這座高架橋前也沒發現什麼特殊的地質條件，甚至在修建到一大半的時候，也都很順利。春蘭高架一共三百三十三根支撐柱，其餘的三百三十二根全部順順當當的打進了地層中。唯獨高架橋最中央的這一根，也就是我們眼前這根，在打樁的時候出現了問題。」

社長孫吉特意用他五十倍變焦的手機，給整個盤龍柱來了個大特寫。這個題材，果然吸引了許多喜歡獵奇的觀眾，直播間的熱度開始逐漸緩慢往上升。也有人開始彈字幕了。

孫吉心裡一喜，繼續說下去——

不知道為什麼，施工隊用工程液壓錘，無論如何都沒辦法將鋼筋水泥樁打入土中。工程師對比了土層結構，百思不得其解。明明春城的大部分土地，都屬於沖積平原，土質鬆軟沒有大塊大塊的岩石。施工本應該非常輕鬆才對。更不要說，離這根盤龍柱只有五公尺遠的地方，也有一根支撐柱。這根柱子就打的很順利。

一時間，整個施工隊都謠言四起。說下方可能有古墓，也有的說春蘭高架所在地屬於春城最中心的位置。下方有一條龍脈，他們在這裡施工，驚擾到龍脈了，可能所有人都會被詛咒，遭遇不幸。

甚至有迷信的工作人員，竟然半夜三更的偷偷跑到橋下燒紙錢祭拜，禱告自己不要遭厄運纏身。

最後建築公司的人沒辦法，由於簽了合同趕工期，如果不在規定的工期裡完成施工，就會影響春城的交通。施工單位違約更會賠一大筆錢，有倒閉的危機。負責人不知道從哪裡聽來傳言，像是溺水者抓住了救命稻草似的，到春城郊外的白龍寺請了一位得道高僧。這位高僧一到春蘭高架的施工現場，就大駭，彷彿看到什麼極為可怕的東西。

他仰天長歎，摸著鬍鬚說：「都是命啊，該來的，還是要來了。」

高僧據說施了某種法術，選擇一個午夜，佈置了一場隆重的法事。並在當晚讓施工隊請來九十九名工匠，在高達十公尺的柱子上雕刻了一條活靈活現的盤龍。並通體鎏金。

說來也怪，盤龍一做好，施工隊再用柱子打樁的時候，就順暢多了。

按照高僧的提議，打樁選擇在那天的子時。因為這個時辰陽氣盛極，陰氣始發，剛好下邊的可怕存在翻了身。將堅硬的背部從上轉向下，柔軟的肚子朝天。

果不其然，子時施工隊確實成功將當初無論如何都打不進去的龍柱給順利打入了預定的土層裡。可那位高僧，也因為洩露天機，在三天後便猝死了。

社長孫吉將這段都市傳說講完後，直播間的觀眾人數，超過了兩千人。許多彈幕都在議論龍柱的故事，似乎每個人知道的龍柱故事框架差不多，但是卻多少有些出入。

「當然，各位知道的龍柱故事，應該多多少少差不多。春城人大多都認為，龍柱下肯定有一條龍脈。但我卻有個疑問，如果真的是龍脈的話。高僧當初為什麼會一臉恐懼，卻沒有絲毫欣喜？」孫吉用腳踱了踱地面：「我查過許多資料，這下方，絕對不是什麼龍脈。而是某種極為可怕的東西。」

「你們看這張四十年前的老照片。」社長冷不防從平板電腦上調出一張照片。

這張照片雖然很蒼老泛黃，但是還是能看出個大概。黑白照片中主風景，正是背後的春蘭高架橋。高架橋並沒有開通，施工工具和大量的建材亂七八糟的堆放著。一根十公尺高的龍柱已經被刻好，也鎏了金。

有一個穿著破爛袈裟的老僧人，手裡夾著幾張點燃的黃紙，嘴裡念念有詞。老僧人臉上的表情也非常複雜，哪怕隔著照片，也能讓人讀懂僧人內心到底有多恐懼，有多害怕。

「這張照片，是我花了很大力氣，從一家歷史悠久的二手書店淘來的。」孫吉得意道。

其餘幾個社員沒想到自家的社長，竟然真搞到好東西。驚訝之餘，也有些懵。一張老照片罷了，難道能將這個春城家喻戶曉的傳說，掀出新的線索不成？

可接下來孫吉的一番話，不光讓自己的社員一陣毛骨悚然。就連鏡頭背後，看著的兩千多觀眾，也全都炸毛了。

「這張照片裡，有一個讓我非常奇怪的地方。」孫吉用手在照片上的某一處畫了一個圈。

當看清楚圈中的事物時，袁兵率先大驚失色：「這，怎麼可能！」

語蓉捂住了嘴，難以置信道：「不可能是真的吧。」

「真相就是如此。」孫吉瞇著眼，一字一句的緩慢道：「照片裡，原本那條盤龍，是閉著眼睛的。至少一開始，是閉著的。」

他的話一出口，無論是身旁的社員，還是螢幕前的觀眾，都一片譁然。

但老照片裡，確實呈現這個事實。灰敗的照片中，那根春城人都無比熟悉的神秘盤龍柱躺在地上。

雕刻出來的眼珠子，確實閉上了。

這就是最不可思議的事情。合攏的龍眼睛，是工匠雕刻的。石雕一旦刻好，就不可能睜開。但老春城人分明都知道，盤龍柱上的龍眼，是張開的。

袁兵和張佳疑惑的揉揉眼睛，看向不遠處的那根盤龍柱。柱子上的龍眼確實圓睜著，散發出猙獰恐怖的陰森寒意。在他們望去的瞬間，彷彿龍也在一眨不眨的死死盯著他們看。

「難不成有兩根不同的柱子？」語蓉問：「照片裡的這一根閉眼的棄用了，將睜眼的那根柱子打入了地基裡？」

「不，是同一根。」副社長羅琳撇撇嘴，指著照片中龍角的一個位置：「你們看。右側的龍角有個缺口，雖然工匠在後期盡力掩蓋了，但如果仔細看還是能分辨出來。」

「同樣的瑕疵，也出現在盤龍柱同樣的地方。只能說明，自始至終，盤龍柱都只有這麼一根。」

社員們同時打個冷顫。本來就蒙上了神秘面紗的盤龍柱，在這一刻，顯得更加的可怕了。

雕刻好的鋼筋水泥造出的盤龍，原本閉著的眼睛，怎麼會在豎起入土後，猛然間睜開？這很不科學啊喂。

「這次的直播，我就是想搞明白盤龍柱的秘密。說不定在咱們春城的這個都市傳說的背後，還隱藏著更加恐怖的事實。」社長看到自己的直播粉絲量，正在不斷攀升，孫吉心裡喜笑顏開。

剛好到子時。

「時辰到，我們現在就去揭開它的神秘面紗。」孫吉手拿自拍桿，招呼四個社員跟自己一起朝盤龍柱靠近。

「這次運氣很好，我不光找到盤龍柱當初的老照片，還找到一本疑似當初的得道高僧的手札。手札上面寫了一個神神怪怪的儀式，據說能徹底搞清楚盤龍柱到底是怎麼回事。」

午夜的陰冷，刺骨的厲害。越是靠近盤龍柱，那股浸透入骨髓的寒意，越是明顯。羅琳、語蓉兩個女孩比男生敏感的多，她們渾身都冒起了一層雞皮疙瘩。

語蓉有些怕了，退縮道：「好可怕，要不我們回去吧。」

社長瞪了她一眼：「這次活動，全員都必須參加。」

當他們五人走到盤龍柱下的時候，才真真實實的感覺到盤龍柱上那根高達十公尺的五爪金龍，多麼震撼，多麼的有壓迫力。

這石龍，比白天，可怕多了。

那一晚，當孫吉的直播間粉絲人數高達一萬後，就再也沒有增加過。他的直播畫面，突然就卡住了，一直卡到下播為止。

螢幕上的圖像，最終停留在五人進行著神秘的召喚儀式時，陡然間，臉色大變，彷彿看到什麼極為可怕的東西上……

04
張月的求救

「唉，頭痛。有點不好搞啊。」夜諾坐在大學的階梯教室中，皺著眉頭，歎了口氣。已經是從暗物博物館出來的第二天了，他仍舊沒有頭緒。

101 號房中的存在，給夜諾的任務，實在是太曖昧不明。

例如它說現在的春城潛伏著致命危機。在這個孤獨的城市裡，所有的孤獨者都要躲在孤島上，否則無法倖免。找出威脅的真相，並將威脅背後的秘密，貢獻給它。

一共六十來個字，普通人只需要幾秒鐘就能讀完。但是其中的意思，究竟有幾層，實在是很難分析。

例如春城潛伏的危機，這所謂的危機，到底指的是什麼？他可沒聽說最近發生惡意殺戮或者無差別犯罪事件。那麼危機，會不會指的是意識形態方面？

又例如孤獨者。

孤獨者很好理解。從字面意義上看，應該是孤僻、沒朋友、獨居者、不善交流的人。但是孤獨者和孤島對應在一起，又變成了一種意識形態。

春城是內陸城市，河流雖然縱橫，但是並沒有大江大河。更不要說有什麼孤島了。所以第二句，在這個孤獨的城市。既然城市都是孤獨的，那麼孤獨的人，以及孤島。應該更像是一種形容方式。

孤獨的城市，指的是春城。孤獨者，又應該指向哪一群人？孤島，難不成意味著某個特定的位置？

夜諾苦惱的揉揉腦袋，發出一聲歎息。

他這一聲歎息可不得了，聲音太大了，講桌上的大學老師正講的口沫四濺，興頭上。猛地聽到有人搞鬼似的歎氣，頓時氣不打一處來。轉身怒瞪：「誰在台下陰陽怪氣？」

階梯教室幾十個人，紛紛目視向夜諾。

老師加重了語氣，朝夜諾看去：「這位同學，你不聽可以出去，不要影響課堂……臥槽。」

話還沒說完，夜諾抬頭。科任老師看清楚夜諾的臉後，連忙就將後半截話給生生的吞了回去。臥槽，居然是混世魔王夜諾。

老師沒敢說什麼，反而向後退了兩步，認認真真的檢查自己的板書來。黑板上是經典的麥克斯韋方程式，解題步驟沒錯啊。那混世魔王歎氣幹嘛？不對不對，自己肯定是哪個步驟弄的不完美。

因為夜諾的一聲莫名歎息，這位三十多歲的物理博士，竟然深深陷入了自我懷疑。整個階梯教室，都陷入了一股離奇的寂靜中。

老師沒講課，一次又一次的驗算早已經滾瓜爛熟的麥克斯韋方程式。而夜諾，完全沒有在意老師在幹嘛，甚至根本就沒有注意到老師都快要因為自己隨便歎一口氣，弄得要瘋了。

他仍舊在抓著腦袋，思索不停。任務時限還有五天，你奶奶的，沒想到第一關就卡在解題上。

這還是有生以來，夜諾第一次遇到類似的情況。既鬱悶，又充滿新奇感。

幾十人的教室後邊，一個大眼睛，長相清秀漂亮的女孩偷偷的扯了扯身旁男生的衣袖：「學長，老師在幹嘛？」

男生看了這漂亮女孩一眼，頓時精神大振，就連酷暑的炎熱都變得清新了。女孩水汪汪的大眼彷彿會說話，小臉紅彤彤的。只需要看一眼，就覺得要戀愛了。

「放心，只要有混世魔王在上課，大部分老師都會變成現在這德行。」大二男生嘿嘿笑著。

女孩不解道：「為什麼？」

男生朝夜諾努了努嘴：「因為混世大魔王在啊，老師緊張了。對了，美女同學，我怎麼從來沒有在班上看過你？」

「嘻嘻，我就是來蹭課的。」這清秀女孩眼珠子咕嚕轉了幾下，視線一眨不眨的落在夜諾身上：「那個男生，看起來普普通通嘛。一個學生而已，怎麼會讓老師都緊張起來了。不科學。」

「你是大一生吧？肯定沒有聽說過混世魔王的名號，待久了，你也會麻木的。這個傢伙，太牛逼了。」

女生明顯還是沒懂：「多牛逼？」

大二男搓了搓手：「學妹你叫什麼名字？」

「我叫張月。」張月甜甜笑了笑。

「那我就來給你科普科普混世魔王的光榮偉業。今晚能請你吃飯嗎？」

張月沒點頭，也沒搖頭。她似乎對夜諾很有興趣：「學長，你先告訴我嘛。」

大二男這輩子都沒交過女朋友，被香香軟軟的現實世界女生甜甜一叫，骨頭都軟了。哪裡還在意晚上能不能一起吃飯的問題，一臉知無不答：「混世魔王的名聲，從這位牛逼第一天進學校上課開始，就享譽全校。」

夜諾進大學的第一天，確實震驚了全校。因為他讓所有人都不解。這傢伙以高考全國唯一滿分的成績，放棄了國外和國內所有名校，填報了春城大學。

理由也很簡單，因為這裡離家近。

這種反人性的解釋，讓全校都驚呆了。春城大學根本只是連傳統名校的資格都沒有的三流大學而已。

天可憐見，就讀春城大學的學生，大多數都是剛剛本科線擦邊的。但是人家夜諾就是不一樣，史丹福不去，劍橋沒興趣，錦城大學的招生組都趕到春城來了，夜諾也放人家鴿子，見都不見人家一面。

人與人之間的差距，怎麼能這麼大？

但是還有更牛逼的。夜諾上課第一天，就將所有上課的老師弄哭了。注意，不管男性老師還是女性老師，更不管老師的年紀學歷有多大多高，通通都被夜諾弄哭了。

不是氣哭的，是讓夜諾給教育了。

他說，物理老師的公式有漏洞，夸夸其談的理論基礎有缺陷，就連選擇的課題方向也很白癡。物理老師氣急敗壞的摔椅子，要他滾。人家夜諾當然沒滾，只面無表情的走到講臺上寫了一長串沒有人看得懂的公式。

物理老師自己倒是滾了。滾回了實驗室，據說是有了什麼新發現。

同理可證，別的老師，同樣被嘴賤的夜諾教育了一次人生，有心態崩掉的，直接開始思考起了哲學以及人生到底有沒有意義了。

張月聽得瞠目結舌，啞口無言。她已經有心理準備，卻沒想到，夜諾竟然是這麼智商逆天的傢伙。

「剛剛我說的還不算什麼，這混世魔王做過的牛逼事，這一年多來，太多太多了。」大二男歎息道。

雖然同班，但他在夜諾身上，感受到的早已經不是智商的碾壓。而是徹底的服氣。接受了人從生下來就不同的事實。有些人活在世上，就是為了顛覆這人間的。

物理老師被夜諾一聲歎氣給弄得崩潰了，下班堂課一直都在看黑板，彷彿他眼前的黑板已經不再是單純的黑板，而是被懷疑的人生。

熬到下課，物理老師仍舊在石化當中。

夜諾抱著書一臉無辜苦惱率先走了。他的大腦依然在飛速運轉，解析這第一扇門上的任務，究竟該怎麼搞。

那個叫張月的女孩偷偷摸摸的跟著夜諾，沒有人能看到，她甜甜的臉龐上，竟然蒙著一層怪異的黑灰。猶如古人所說的，印堂發黑般詭異。

女孩無論怎麼看著夜諾，也不覺得這個比自己大了幾歲的男孩，有什麼異樣的地方。

「……他怎麼會從那個地方走出來呢？」張月喃喃自語，突然，剛剛還在自己視線中的夜諾，猛地就消失的無影無蹤。

女孩揉揉眼睛，有些懵。怪了，人哪裡去了？明明眼前只有一條大路，左右都是樹木。自己也就恍神了一兩秒而已，那個叫夜諾的傢伙，除非長了翅膀，否則不可能莫名其妙的不見。

「去哪了？」張月慌張的左右搖擺小腦袋，妄圖將夜諾的身影給找出來。

猛然間，一個手掌從後方拍在肩膀上，嚇的女孩險些跳起腳來。她心臟怦怦亂跳，回過頭來，正好看到夜諾似笑非笑的臉。

「你跟蹤我幹嘛？」夜諾淡淡問。

張月哆嗦一下，嘴硬道：「誰，誰跟蹤你了。」

夜諾撇撇嘴：「你的表情暴露了你的想法。你不是這個學校的人吧，甚至不是大學生。」

「哪有，我大一新生。」

「撒謊。你明明是本地人。」夜諾繞著她走了一圈：「大約是高三生。」

他瞇了瞇眼，用手撐住下巴：「你在森立私立學校就讀，對吧？明明一個准考生，不好好準備考試，跑這來跟蹤我幹嘛？」

張月從心頭一直冷到腳底。這看起來帥帥的面癱臉，沒想到只是短短幾秒鐘功夫，竟然就將她的底細徹底摸清楚。

他怎麼做到的？

「很奇怪我怎麼把你看穿的吧？」夜諾問。

張月下意識的點頭。

「很簡單。你的國語雖然標準，但是仍舊摻雜著些許的方言詞彙。這些方言，有些是春城西郊特有的。」夜諾指指張月的心口：「雖然你穿了便裝。可是你的喉嚨下方有長期打領結的印記。只有私立學校的學生，才會穿打領結的校服。而且看起來，你的校服領結還有些特殊。」

「類似於蝴蝶圖案。而西郊只有一所私立高中的校服，是有蝴蝶狀領結的。所以你的身分，很好猜。」夜諾一眨不眨的盯著張月看：「說吧，你到底為什麼混進春城大學，而且還目標明確的跟蹤我。」

張月沉默一下，突然沒頭沒尾的抓住夜諾的手，趴在他的肩膀上哭的梨花帶雨。俏皮溫潤的神色被惶恐害怕遮掩，這一哭，就如同夜雨般，劈裡啪啦，止都止不住：

「救救我。」

夜諾本能的想要向後退幾步，但是張月抱太緊了，死都不撒手。

「有話好好說，別動手動腳的。」夜諾苦笑。春城大學他比較出名，走過路過的看到這位混世大魔王被一個清純的女孩抱住不鬆手，立刻指指點點，甚至幸災樂禍看稀奇的掏出手機，照相。

好不容易才將張月給拽開。張月哭哭啼啼，儼然嚇壞的弱小女孩，不斷用手擦拭淚水。

周圍圍觀的學生越來越多，一群義憤填膺的女孩已經在用看渣男的眼神看自己了。夜諾有些受不了，拖著張月一陣猛跑，跑到附近一處僻靜的小花園中。

「說吧，你為什麼要我救你？」等張月冷靜下來，夜諾這才問。

他很疑惑。這個女孩非常有目的性的跑進春城大學來找自己，還讓自己救她。這算什麼？

想來想去，張月沒頭沒尾的求救，很可疑。

張月沒說話，突然一把從懷裡掏出一張東西。夜諾一看之下，臉色頓時變了！

這是一張像是鬼畫符般的怪東西，原本什麼顏色早已看不出來。整張符變得漆黑破爛。符他不認識，但是符表面，倒是畫了一個模樣奇形怪狀的東西。

那隱隱是一串鑰匙，鑰匙後方有一棟黑黑的標誌性建築。這特麼，竟然正是夜諾剛剛被選為管理員的暗物博物館。

最主要的是，這張鬼畫符的正面，還刻畫著一個特殊的印記。別人或許看不懂，甚至夜諾自己也看不懂。

可當他的視線接觸到這個印記的時候，心裡卻突然了然。

這是一張門票。

一張屬於自己的那棟暗物博物館的門票。

奶奶的，原以為博物館只是一個稱呼，難不成它真是一座博物館，而且曾經營運過，否則難以解釋，這張門票，究竟是怎麼出現在外人手中的。

畫著暗物博物館印記的符咒表面，應該是被某種超自然力量腐蝕掉的。

至於是哪種神秘力量，他不清楚，但是本能地覺得有點可怕。

張月抹了一把眼淚，問：「夜諾，這張符，你認不認識？」

「不認識。」夜諾毫不猶豫撓撓頭，他確實不認識，更何況他也不希望被別人知道暗物博物館的存在。

張月根本不信，大眼睛死死盯著夜諾，像是想要從他臉上看出什麼來似的。

「看什麼看，不認識就是不認識。」夜諾揚起脖子，理直氣壯。

「夜諾先生，算我求求你了。」張月低下腦袋，一臉絕望：「你就不要騙我了。」

夜諾剛想說什麼，張月指著手裡發黑發臭的符：「這張符，是我家祖傳的。最近出了事，它救了我一命。而且在幾天前，這張門票上突然就出現一條路線圖。我順著路線找過去，你猜我看到什麼？」

「嘿嘿。」夜諾乾笑兩聲，他哪裡還猜不到張月看到什麼。

這門票還真邪乎，在自己徹底具象化暗物博物館之後，就出現路線了。這可不好搞。

「我看到你，從空無一物的所在突然走出來。我偶然用這張符遮住眼睛，竟然還看到巷子盡頭，只有高高圍牆，不應該有建築的地方，看到一座這張符紙上畫著的，一模一樣的建築物。」

「有些時候，人的眼睛是不值得相信的。說不定你看到幻覺。」夜諾死不承認。

「夜諾先生，我自從看到你從那個奇怪的建築物走出來後，就一直在偷偷調查你。既然我的祖先能從那個建築物中取得這張符，那你一定能救我。」張月一把抓住夜諾的胳膊，用力抱住。

她的邏輯沒問題。

夜諾皺皺眉頭，突然想到什麼。普通人看不到暗物博物館。但是張月卻通過這張博物館門票看到。

這張門票，到底是怎麼回事？暗物博物館內，還有什麼不為他所知的秘密？一切的一切，都讓夜諾極為好奇。

或許，張月找到自己，並不是個意外。更有可能，說不定和第一扇門的任務有關聯。

想到這兒，夜諾決心搞個明白：「既然想要我救你，那麼說說吧，你身上到底發生了什麼？這張門票，哦不對是符，又是怎麼救你的？」

張月一喜，彷彿看到獲救的希望。

她結結巴巴的講述起來。

一切，都要從兩天前說起。

那天明明是週二，張月卻反常沒有住校，逃也似的回到家中。她不想待在學校裡。她是個單親家庭，母親死的早，爸爸一個人拉扯著將她辛苦養大。父女兩人平時也不怎麼交流。

不過張月也很爭氣，雖然家境不好，但是卻憑自己的努力考取了春城有名的森立私立高中。不但不需要學費住宿費，每年還有不少獎學金。但是那天，就連大大咧咧的老爸都發現，自己的女兒非常沒精神，眼圈也黑黑的，像是幾天沒有睡過覺了。

「回來啦，吃了晚飯沒有。」爸爸隨口問了一句。

張月搖搖頭又點點頭：「不餓。爸，我回屋睡覺去了。」

「這閨女，今天怎麼怪怪的。」爸爸瞧著女兒的背影，總覺得女兒哪裡有些不太對勁兒。咦，女兒有些駝背，難道打球的時候摔了？

張月逃也似的走入寢室，啪的一聲將門牢牢關上。她的心臟很難受，亂跳，背也彷彿被什麼沉重的東西壓著似的，直不起腰桿。

最近一段時間都沒有好好睡過了，她睏的要死，偏偏又不敢睡著。她怕一閉上眼睛，那個東西就會從一切縫隙中爬出來，索她的命。

「好冷。」明明是夏天，張月冷的厲害，她跳到床上去想要用被子將自己蓋住。就在這時，她猛地看到鏡子中的自己。

一個黑乎乎似人似鬼的恐怖東西，竟然坐在她的背上。爪子似的四肢緊緊將自己抱住，那個黑影彷彿看到自己在看它，咧嘴露出陰森的笑。低頭含住張月的一根頭髮，用力的吸吮著。

張月頓時感到頭暈目眩，她尖叫一聲，連滾帶爬的從床上滾下來。她拚命在地上打滾，妄圖想要將那個黑影從背上滾掉。

屋外的爸爸連忙衝了進來：「閨女，你怎麼了？」

只見女兒目光發滯，直勾勾的看著鏡子。但是鏡子裡，分明只有她煞白的小臉啊。

「爸，我背上，背上有東西。」張月的聲音在抖。

爸爸沒有從鏡子裡看到任何東西，他有些懵。雖然自己一個人帶女兒很辛苦，可是也沒讓女兒受過罪。難不成女兒在學校裡受了什麼欺負，心理出了問題？

他沒啥文化，只能想這麼多了。

「閨女，你是不是有什麼委屈？」張大問。

女兒搖搖頭，坐在地板上，手抱著膝蓋蜷縮成一團。

「閨女，你到底有什麼煩心事，你倒是說啊。」爸爸急了。

「我沒事。」張月終於冷靜下來，最近一段時間發生在自己身上的事情，她根本沒辦法解釋。說了父親也不可能相信。

她用惶恐的眼神看向鏡子。鏡子裡只有她獨自坐著，背上，什麼也沒有。就彷彿剛剛的一切，只是幻覺而已。

「放鬆，放鬆。那個東西，不可能跟著我回家的。」她想。

看女兒終於平靜了，爸爸雖然有些摸不到頭腦，也稍微鬆了口氣。他決心明天就去學校找找女兒的班主任，看到底是啥情況。女兒上個禮拜送進學校的時候還好好的，怎麼才一個禮拜不見，就開始出問題了。

張月獨自坐在寢室地板上，好一會兒才起身。

她走到衛生間，想要上個廁所緩口氣。當她看到對面的衛生間時，本來平復了些許的心臟，又劇烈的跳動起來。

她的整個身體，都猛然停止了一切動作。

張月一家雖然住在貧民窟，但是房子還算不錯。她的房間不大，但是老爸特意在裝修時在寢室裡為她弄了個小小的衛生間。免得她一個女生和自己一個大老爺們共用廁所。

爸爸看起來五大三粗，但是對自己女兒的愛絕對不少。

可張月現在卻看到古怪的一幕，她衛生間的馬桶蓋子全都掀開了。

這個衛生間，只有她一個人在用。老爸從來不會進來。而且她剛剛回寢室的時候，分明看到馬桶蓋子還好好的放下了的。

是誰，將馬桶蓋子翻起來？

她心裡湧上一股不祥的預感。難不成那東西，真的跟自己回來了？

女孩忙不失措的想要站起來，可是她卻一動都不能動。心底的涼意，一直涼到嗓子眼。她看到離自己不遠處的馬桶在發抖，彷彿裡邊有什麼東西想要爬出來。

整個屋子都在抖。

一股冰冷的陰森的，稀裡嘩啦的流水聲，不斷地從馬桶內傳出。彷彿有什麼在馬桶中吞咽著下水道裡的糞水。不多時，一襲黑色長髮般的東西，從馬桶裡湧出來。這些黑髮沾著惡臭熏天的屎尿，彷彿每一根都有生命，蠕蟲似的一爬出馬桶，就朝張月蠕動過來。

張月尖叫一聲，眼看那些長髮就要將她淹沒，她好不容易才恢復行動力。嚇得跌跌撞撞的拉開門想要往外逃。

門如同焊死了，無論她怎麼拖拽，都沒辦法拖開。她一邊尖叫一邊撞門，而門外，應該回到自己臥室的老爸，卻像是什麼聲音也聽不到般。

怎麼可能，明明兩個臥室之間只靠一張薄薄的門板隔開。平時老爸的呼嚕聲都聽的異常清楚的房子，張月突然發現，自己的寢室內，竟然不知何時，死寂一片。

除了自己的撞門聲，所有聲音都消失的無影無蹤。

張月毛骨悚然，她眼巴巴的看著那噁心的長髮離自己越來越近，幾乎就要碰到她的身體，將她淹沒的時候。

猛地，那些長髮發出無聲的尖叫。猶如被踩中了尾巴的貓，唐突的向後退了一些。縮回馬桶裡再也沒有動靜。

就在張月嚇的不輕時，門外傳來了幾下敲門聲。之後耳蝸裡開始傳來貧民窟街道外特有的喧囂聲，聲音回來了。

老爸的聲音也傳了進來：「閨女，我看你最近很累。咯，咱們祖上傳了一張護身符，據說能保平安。雖然我沒什麼大出息，也給不了你好生活。但是這個祖傳的護身符真的很有用，戴著就能心靈平靜。我現在，就把它傳給你了，希望你順順利利的，別有那麼多煩惱！」

爸爸始終還是有些擔心，他怕自己女兒壓力太大，精神真出了問題。想來想去，在客廳溜達了個好幾圈，終於他想到祖上傳下來的那道符。

這個符要說有多神奇，他從小到大戴著，也沒發現。但是祖上代代都對這護身符很看重。無所謂了，只要對女兒有幫助就好，哪怕只是精神上的。畢竟私立高中的競爭，他也有所耳聞。

他說著，就將那道護身符，從門底下推了進去。

張月正驚異不定，沒搞懂為什麼那該死的東西突然退縮了。聽到老爸的聲音，她下意識的低頭一看，立刻大吃一驚。

這道勞什子的祖傳護身符，一被推入寢室，表層就被猛地撕碎，露出了內部一張鬼畫符般的紙符來。紙符在房間的陰冷中，開始散發淡淡的白光。

那些白色光圈外，一股股黑色煙霧翻騰不息，鬼氣森森，壓抑如雨。被白光一照，張月才恍然發現，自己的臥室早已經變成了陰森鬼域。

無數黑氣在臥室裡流竄，那道所謂的護身符畫著一些完全看不懂的文字和一棟樓的圖案。它發出的光芒也很微弱。但就是這道脆弱的光，堅挺持續的照亮一切，抵抗著黑氣。

照亮了張月的一線生機。

張月在這森森鬼氣裡徹底暴露，陰森氣息在不斷削弱著她身體上的陽氣。她渾身都發冷，她本能的朝那張護身符的所在靠攏。越是靠近一些，她的恐懼越是消散一些。

終於，她牢牢將地上的護身符抓住，彷彿抓住救命的稻草。不知從哪裡升起了一絲明悟，張月很清楚，如果沒有這張護身符，今晚，她恐怕是熬不過去了。

但是這張護身符上的白光在不斷消散，怕是撐不了一天。

張月一咬嘴唇，不再猶豫，她試著拉開門。門還是牢牢的猶如焊死了。女孩連忙用護身符靠近門鎖，驚人的一幕出現了。

無數黑氣猶如一隻猙獰的爪子，牢牢的將門抓住，不讓張月打開。

張月忍住全身的顫抖和心悸，用護身符去燒那些鬼爪。護身符上的白光一靠近，鬼爪全都發出淒厲的尖叫，消散於無形之中。

門終於敞開了。

女孩心臟怦怦跳著，逃也似的迫不及待的衝出寢室。爸爸還沒走遠，在走廊上愕然的看著連滾帶爬撞開門，幾乎是滾出來的女兒。

他有些懵。

「爸，這張護身符，到底是怎麼回事？」張月張著黑眼圈，焦急的抓著老爸問。

爸爸撓撓頭：「就是咱們祖傳的啊。」

「老爸，類似的護身符，還有沒有？」張月急的大喊一聲：「這關係到我的命。求求你好好想想。」

這張護身符撐不了多久。

「沒有了，祖上就傳了這一張下來。」爸爸眨著眼，這漢子是徹底搞不懂自己女兒了。平時女兒可是個堅定的無神論者，怎麼今天對祖傳的護身符這麼稀奇了？

張月根本無法把自己身上出現的怪事對老爸細說。她當即翻找起張家祖傳下來的祖籍，一個通宵，終於在隻言片語中，尋找到護身符的來歷。

之後的事情就很簡單了。她從符咒上突然出現的路線導引圖，找過去，剛好看到從暗物博物館出來的夜諾。

05 黑色繩索

所謂火燒七月半，八月木樨蒸。

今天明明夠熱，但是聽了張月的一席話後，夜諾感覺渾身發涼。這算是恐怖事件，還是靈異事件？

難不成，襲擊張月的東西，也是某種暗物質生物？

對於暗物質生物，夜諾在離開暗物博物館前，在血手處打聽了一番。據說從兩千年前開始，太陽系就開始進入了暗物質密集帶。而暗物質本身就擁有許多古怪的力量，會造成大量人類這種生物，完全無法用經典物理法則理解的怪事。

暗物質生物，就是其中一種。

至今，夜諾都對暗物質生物的存在方式不明所以。他很好奇，甚至恨不得抓幾隻來解剖一下，看看到底和地球的正常生物，在生理結構上有什麼不同。當初在醫院遇到的疑似小女孩和磁懸浮老人的怪物，就是暗物質生物的一種。

血手甚至還警告過夜諾，從三年前開始，地球周圍的暗物質濃度已經非常高了。可能會進入超自然事件的爆發期。他如果不加緊準備，或許活不過一年。

畢竟，作為暗物博物館的管理員，他早已和普通人不同。必須要去執行那六十多道門後的老爺們，千奇百怪的要求，才能解鎖新的房間。

暗物博物館的那些房間背後到底隱藏著什麼，夜諾不知道。但是解鎖房間是歷代管理員的義務，他根本沒有選擇。

這博物館名字聽起來一丁點都不恐怖，但是卻執行著最嚴苛的懲罰機制。動不動就是要他死。例如 101 號房中的存在，只給了他六天時間來解決春城的危機，而任務的題面還在打啞謎，讓他自己猜。

特麼夜諾真的很想豎中指。

不過張月身上發生的怪事，讓夜諾覺得有意思起來。

「你為什麼覺得我能救你？」夜諾問。

「我的祖上大約在一百多年前，也曾經遇到過一些詭異的事情。據家族記載，先人從你出入的建築內求了幾道符。這些符和江湖術士的非常不同，包含鬼神難測的神秘力量。祖上用掉兩張，命才保住了。他將剩下的一張作為傳家寶，留給了張家後人。」張月也不忌諱，開口道：「這張護身符，在兩天前，也保護了我。不然我早就死了。」

夜諾皺了皺眉。奶奶的，這張符雖然畫著暗物博物館的模樣，但看起來平平無奇，也沒覺得有什麼離譜的地方。

可這畢竟是博物館的門票，除了能令張月找到博物館並且看到博物館之外，還有沒有別的作用。

他並不清楚。

雖然他是暗物博物館的現任管理員，可是作為新手的他，對博物館的一切都滿頭抓瞎。至少張月手裡這張符紙的來歷，夜諾能判斷，肯定出自於博物館。不過到底是如何製作的，是哪一代的管理員製作的，鬼才知道。

也許，至少要打開 101 房的門後，博物館的神秘面紗，才會稍微向他展露些許。

「我現在救不了你。」想著，夜諾歎了口氣。

「怎麼會。」張月絕望道：「如果你要錢的話，我還存了點私房錢。」

「不是錢的問題。」夜諾扣了扣鼻翼：「我現在……」

本來想說自己也自身難保，可突然，他整個人猛地愣住了。就在剛剛，夜諾似乎從張月的肩膀上看到什麼奇怪的東西。

那是一些蒸騰的黑煙。黑煙像是一根長長的繩索，軟軟耷拉在張月的肩膀上。

繩索的一端，緊緊的將女孩的脖子纏牢。但是張月彷彿沒有絲毫感覺。

而繩索的另一端，卻無限的朝西邊延伸，穿過樹林，穿過高樓，一直不知道延伸到多遠的地方。也不知道，黑色繩索的另一端究竟有什麼。

「怪了。」夜諾眨著眼睛，用手向張月的肩膀拍去。這一拍就拍到女孩羸弱的肩膀。

「痛。」女孩被拍痛了：「你幹啥。」

夜諾嚴肅的問：「沒發現你脖子上有一根黑色的繩子？」

「繩子？」女孩一驚，左右到處看，卻什麼也沒有看到。

「你果然看不到。」夜諾摸著下巴，有些疑惑。為什麼明明是纏在張月脖子上的繩子，她自己看不到，但是他卻能看到。

難不成是自己成為了博物館的主人後的福利？不，不對！

夜諾眨著眼睛，猛然間發現，張月脖子上那條在陽光中仍彷彿黑洞般漆黑的詭異繩子，正在逐漸消失。

「是繩子消失了，還是我突然又看不到？」夜諾睜大眼，幾秒後，黑色繩索果然消失在他的視線中。女孩的脖子變回白皙。

「果然不是博物館的原因。所以，是這玩意兒有問題？」他明白過來，眼睛朝下，看向戴在手上的一根玉珠手鏈。

這是遺物翠玉手鏈，也是夜諾唯一能夠攻擊暗物質怪物的手段。

貌似，它還有別的功能。

例如用它擦一擦眼皮，就能在幾秒之內，看到常人看不到的東西。

又例如，纏在張月脖子上的黑繩。

夜諾想清楚後，連忙又試了試。果不其然，他再次看到那根黑色繩索，這次看的更加清晰。黑繩蒸騰著怨氣般的煙霧，彷彿能影響到周圍的空氣。讓空氣都燃燒起了黑火。

這根繩子，究竟是怎麼回事，和張月身上發生的怪事，又有什麼聯繫？夜諾本能的感覺到，101 房給自己的任務，或許真和張月有關。

「你自己看看。」夜諾用玉手鏈在張月的眼皮子上一擦後，張月也看到脖子上的黑繩索。

頓時，她嚇得大驚失色，險些癱軟。就連本沒有感覺的頸項，也彷彿喘息不過來似的，窒息得厲害。

「這到底是什麼？」張月全身冰冷，拚命地想要將脖子上的黑繩扯下來。但是她什麼也接觸不到。猶如那黑繩，只是一場幻覺。

一場兩人都能看到的幻覺。

只不過，這絕對不是幻覺。

「走，咱們順著繩子的盡頭找過去，看看究竟有什麼，將你拴住了。」夜諾倒也膽大，拉著嚇破膽的張月跑到學校門口刷了兩輛共用單車，一路順著繩索找過去。

春城很大，兩人騎了很久，花了一個下午時間從三環騎到一環內，仍舊沒有找到繩索的盡頭。

最終日頭偏西，到下午五點過。就在他倆用夜諾的玉手鏈擦眼睛，眼皮子都快要被擦破的時候。黑色繩索，卻突然不見了，消失的無影無蹤。

「奶奶的，玩我啊？」夜諾險些破口大罵。

繩索消失的方式很離奇，遠方似乎有什麼東西將黑繩抖了抖，繩子就脫離張月的脖子，悄無聲息的飛上天空。這繩子，顯然是被什麼東西給收回去。而且收繩索的方式，夜諾越看越覺得眼熟。

這種手法夜諾見過，而且還很熟悉。但是一時間就是想不起來。

張月用手摸索著自己的脖子，久久難以平復心緒：「那繩子，到底是什麼？會不會再出現在我身上？」

「不清楚。」夜諾皺眉搖頭，看著繩索收回的位置，看了好一陣子：「走吧，回去。」

「嗯。」張月乖順的點點頭。

「你身上發生的事，你總應該有點頭緒才對。就算是超自然事件，也有源頭，不可能無緣無故的出現。」兩人推著共用單車往回走，兩條影子拖得很長很長。那扭曲的影子，每一寸，都散發著不祥。

在他倆看不到的身後，漆黑的影子在翻滾。彷彿影子內部，隱藏著某種可怕的力量。

夜諾的話很明確，無論任何事物，都遵循著標準的因果定律。因為人類所處的三維世界，本就是線性的，時間是線性的，規律同樣也是線性的。有因，才會有果，而絕對不可能反過來。

張月沉默一下，說道：「其實我有一個猜測。或許事件最初的起因，並不在我身上，而是發生在我學校的同寢朋友上。有可能她沾染到某種殘晦之氣，而作為同寢的我們，因為和她接觸最多。所以她身上的晦氣，也一併傳染給了我們。」

「有意思，看來你並不是真的抓瞎。」夜諾盯著她：「但你為什麼不從一開始，就告訴我？」

張月乾笑了兩聲：「我還以為你是從那所神秘的建築走出來的人，說不定隨便給我幾道符，就能將我的事情搞定了。」

「抱歉，作為那個建築物的新任菜鳥，我暫時沒那個本事。」夜諾這人很直接，有事說事，從來不會給別人無謂的希望。

張月歎了口氣：「現在我清楚了。不過，你總歸是比別人有本事的多。至少，你用手在我眼皮上擦一下，我就能看到別人看不到的黑繩了。否則，自己究竟怎麼死的，我恐怕也會不知道。不過現在還不晚，趁這個時間，我把一切都全部告訴你。」

張月的眼睛亮亮的，看著即將徹底落入高架橋下的太陽，緩緩講起來。

她首先沒頭沒尾的問了一句：「夜諾，你玩過抖音沒？」

「玩過，無聊，浪費人生。」天生好奇的夜諾怎麼沒瞭解過：「這種短影片軟體，利用間歇性變量獎勵，讓人不斷的滑動，使人上癮。」

但是這和張月身上發生的詭異事件，以及脖子上的黑繩，有什麼關係？

見夜諾疑惑的看著自己，張月幽幽歎了口氣：「夜諾，你信不信這個世界上有鬼？」

「不信。」夜諾當然不信世上有鬼。

生物這種東西，死了就是死了，哪裡會有肉體死了，靈魂還存在的可能性。不然，他和所有小屁孩一樣，小時候不知道用放大鏡燒死了多少螞蟻。如果真有鬼的話，螞蟻變成的鬼，早就將他這類小屁孩給殺了無數次了。

但至今，小屁孩和他，不還好好的活著嗎？

張月苦笑：「對，你怎麼可能信。但是不知道你信不信，我們寢室四個人，好好的吃著零食，刷抖音，結果就不小心刷了一隻鬼出來。」

這真是見鬼了。刷抖音都能刷出個鬼？

夜諾頓時不知道該怎麼反應了。

張月回憶著這一切到底是如何發生的，她心驚膽戰了許多天。現在終於能夠有人傾訴了，所以一股腦的全說出來。

事情發生在一個多禮拜前，在張月的記憶裡，那天並沒有什麼不同。晴天，空氣品質不錯。夕陽照樣從西邊天際落下。

張月就讀春城西邊的森立高中。雖然這是一所私立學校，學費也頗貴，但是為了提高學生品質，還是會提供大額獎學金，吸納本市一些家境條件不好，卻成績優良，能夠考取好大學，替學校刷名校榜的學生。

無疑，張月雖然出生貧民窟，但是成績確實很讓自己的老爸驕傲。所以她不只能免費讀森立高中，還能得到不菲的獎學金，補貼家用。

就是在八天前的那一晚，她和同寢室的語蓉、海安、文惜四個女生，一起經歷了一件終身難忘的可怕遭遇！

有的人，在壓力大的時候，總會找到排解的方式。而有的人，卻會被壓力壓得喘不過氣，最後從樓上跳下去，結束自己的人生。

語蓉無疑就是會調解自己壓力的人。

私立學校的壓力比普通高中，要大的多。華夏崇尚教育，無論是家境一般的，還是家境好的，父母們通常一出生，就開始給自己也給自家娃打雞血。拚其所有，將孩子送入當地最好的私立學校。

而私立學校通常都會採取末位淘汰制。有錢有勢的學生還好，他們哪怕成績極差，也不會被私立學校淘汰。但是那些拿著學校獎學金的，家境一般的學生們，就不好說了。

春城的森立高中的末位淘汰制，尤其殘酷。

類似張月這種高額的學費全免，還按照成績給獎學金的學生們。她們對學習成績的追求，永無止境。畢竟每次考試，一旦沒有本班前十名，這類為學校衝刺名校榜的學生，就會被學校勸退。

高三屬於衝刺階段，一旦被勸退，很難找到別的學校接收。沒學校接受，就會考不上大學。沒辦法考上好大學，就找不到工作。

找不到好工作，又會活成父母那個窮酸的模樣。

還好，張月的成績一直不錯，不說全班第一，前五總歸是安全的。而她同寢室的語蓉、海安、文惜三個室友，幾乎也和她一樣，都是免費生，成績也都還好。

而且，她們的 402 女生宿舍，感情很深。

「你有沒有聽說，昨天晚上，二班有一個女生。因為考了第十一名，學校說是要勸退她。結果她一時間想不開，當晚就爬上教學樓頂樓，跳下來。第二天一早清潔工才發現屍體，嚇得好久都沒有緩過來。」語蓉一邊刷手機，一邊八卦。

「當然聽說了，那具屍體慘不忍睹。員警很快就來了，據說學校方面公關實力很強大，給女孩的父母一些賠償款，把這件事壓下去。」海安在書桌上預習。

文惜正在看課外書，感歎一句：「學校裡的人命，不值錢啊。這是今年第幾個跳樓的了？」

「第三個吧。」張月咂嘴：「咱們教學樓下邊的小花園，都快要成鬼園了。說來也怪，為什麼所有人都選擇在教學樓頂上的同一個地方跳樓啊？」

「也許是破窗效應？」文惜扶扶眼鏡，充滿知性的說：「美國有個調查，如果在一個非常乾淨的街面上，有人丟了一張紙。接下來就會有別人情不自禁的在丟紙的地方扔垃圾。隨著扔垃圾的人越來越多，那個地方，最終會變成垃圾場。

跳樓也是如此。因為有第一個人在那裡跳樓自殺了。所有那些經受不住壓力，有潛在自殺傾向的人，也會潛移默化的遵循本心。在潛意識裡將那個自殺者自殺的地方，當做自殺的選擇之一。

所以許多地方，就這樣因為破窗效應，變成自殺者聖地。例如日本那個著名的吊頸森林，每年都會有許多人在那兒結束生命。

語蓉歎了口氣：「我就是真的無法理解那些自殺的學生，他們既然死都不怕，為什麼會怕繼續活下去。擅自結束生命，父母白髮人送黑髮人，對父母而言，太殘忍了。我是絕對不可能自殺的，無論如何都不會。」

「那是因為你會自我調節壓力，而且成績也很好，暫時沒有危機感。」文惜淡淡道：「我倒是能理解他們。只不過人生並不是只有考上一所好大學，這麼一條路。理解歸理解，我同樣也不會走上他們這種放棄一切的路。」

張月聽得噗哧一聲笑出來：「你們啊，怎麼開始討論這麼沉重的人生觀起來了。咱們禮拜六要不要約？聽說成茂大廈又新開了一家甜品店，店主是香港過來的甜品大師，據說味道超級爆炸。」

「要去要去。」三個在探討人生的女生一聽到甜品，眼睛裡就開始冒出小星星。

窗外的夜漸濃，就在這時，本來還明亮的女生宿舍，突然陷入了一片黑暗中。

「鬱悶，又到關電的時間了。」語蓉咕噥了一句：「姐妹們，開應急手電筒。」

學校晚上十點半準時掐電，讓學生睡覺。但是大部分高二或者高三生課業緊張，絕對不可能按時睡覺，許多人常常刻苦學習到深夜一兩點。所以每個人，幾乎都常備可充電的 LED 檯燈和手電筒，以備夜晚之需。

但今晚掐電，掐的似乎有些詭異。完全沒有預兆。

「不對啊，現在才九點過，十點都不到。怎麼學校就掐電了，難道是停電？」張月看了看手機，現在不過九點五十幾，離關電閘還有半個多小時咧。

她從床上爬下來，跑到窗戶邊上望了望。怪了，除了自己家的 402 寢室，別的女生宿舍，包括對面的男生宿舍樓，都燈火通明。

張月走到門邊上，開關了幾下電燈電源，燈沒反應。還是黑漆漆的，不亮。

「你們的插座有電嗎？」她隨口問了一句。

語蓉將手機電源插上，手機沒法充電：「插座沒有電。」

一股風從窗戶外吹進來，吹得四個女孩猛地打個冷顫。窗戶被風撞的合攏，發出巨大響聲。

張月打個哆嗦：「好冷。明明是夏天，怎麼這股風冷的都透骨了？」

語蓉縮了縮脖子，她刷抖音刷的正開心。學習的壓力很大，通常語蓉都是靠著刷抖音來排解壓力的。突然，就在她手指劃過螢幕的時候，一個奇怪的抖音短影片，刷新出來。

「咦，這是幹啥。這個女生好奇怪啊。」語蓉眨了幾下眼睛，通常短影片只有十五秒鐘，每個影片都會表達一種主題。

可是現在自己螢幕上的短影片，卻完全令語蓉摸不著頭腦。畫面是靜止的，裡邊是一堆黑漆漆毛茸茸的東西，讓人看得很不舒服。語蓉看了好一會兒才看清楚，這是一堆頭髮。

頭髮的後邊，有一小截看不清面容的女孩的臉。

但是明明看不清這女孩，但是語蓉卻不知為何，老覺得這個人，她熟悉！

—06— 多了一個人

看著螢幕上的那堆頭髮，語蓉感覺背後涼颼颼的。她張口道：「姐妹們，我刷抖音刷到奇怪的東西。你們看，這個人是不是我們學校的女生？」

「我看看，我看看。」張月、海安和文惜從自己的床爬到語蓉的床上。一時間只有八十公分寬的床上，擠了四個女孩。張月等人伸長脖子，向語蓉的手機螢幕看。但是那一堆詭異的長髮以及靜止的畫面，實在是讓人後背發涼，怪不舒服的。

「這畫面，好恐怖啊。」海安不安道。

「我也覺得挺怪異。對了，重點是，讓你們看看這個女孩，你們有沒有覺得有些熟悉？」語蓉問。

張月搖搖頭：「不認識。她臉都沒有露。」

海安和文惜也搖頭：「沒見過。頭髮把臉都擋光了，沒有辨識度。」

語蓉急了：「難不成就我一個人見過這個女生？不對啊，我肯定在哪裡見到過。就是想不太起來。」

人的大腦就是這麼奇怪。越是努力想一件事，那件事就越想不起來。

「算了。」語蓉被那黑頭髮的畫面弄得毛骨悚然，她搖搖腦袋，手指滑動，想要將影片滑到下一條。

可是這麼一滑，她頓時被嚇了一大跳。

怎麼回事，怎麼沒滑動，螢幕上還是那個亂糟糟的黑髮的影片？

「咦，怪了。」語蓉又滑了幾下，手機始終停留在那個怪異的影片上，一動也不動。彷彿機子卡死了。

「我手機壞了？」她臉色不好看，扯了扯張月的衣裳：「月月，你替我看看。我的手機好像出問題了，觸控不靈。」

張月伸出手指滑了滑螢幕，皺起眉頭來：「咦咦，果然滑不掉。重開一下手機？」

戴眼鏡的文惜突然道：「月月，蓉蓉，你們確定手機死機了？」

語蓉抬頭：「惜惜，你什麼意思？沒死機為什麼老是滑不到下個影片上？」

海安似乎也發現了些什麼，不安道：「蓉蓉，你看螢幕，有些不對勁兒。」

「哪裡不對勁兒？」語蓉低頭又看向手機。頓時，她臉色大變。果然不對勁兒，手機螢幕上那一團詭異長髮的女孩，本來她以為是靜止的圖像。但這圖像，分明在變。

原本黑漆漆亂糟糟的頭髮，不知何時變得濕漉漉的，活像是一團團打濕的骯髒水草。

「這居然是影片！」語蓉驚訝道。

張月打個冷顫：「不可能。抖音上的影片，最長十五秒。現在都多久了，你看了足足三分多鐘了吧，圖像才有變化。肯定是你手機出問題了。」

「我，我重啟一下。」語蓉被那黑髮頭像弄得越發慌張，她手腳都在發抖，手忙腳亂的按下手機的電源鍵。

手機還是沒反應。

「關不了……」語蓉頓時神色慘白起來，她是真的怕了。

張月一把搶過她的手機：「怎麼可能。你按下電源鍵五秒鐘，就會強行關閉手機電源。」

她使勁兒的按著手機電源，果然，手機根本關不掉。這太不科學了，到底是怎麼回事？

整個黑暗的房間，都透著一股壓抑的詭異。冰冷的氣息不斷地流淌在空間中，讓人止不住的打冷戰。

這一下不止語蓉，就連海安，張月，理智的文惜也開始感到這手機有問題了。螢幕上的長髮女人，依然靜悄悄的。可是只要她們的視線一離開手機，畫面，就會變。

女人的頭髮慢吞吞的變得更加古怪恐怖，她被長髮遮住的臉，也在開始緩緩的抬起來。

「哇！」語蓉一把將手機扔到床上，她怕的厲害。

張月儘量冷靜：「別怕，絕對是手機的系統問題。把這個短視訊卡死了，所以造成了一幀一幀播放的假……」

後邊那句話，她還沒說出口，就硬生生咽下去。可怕的事情，還在惡化。接下來發生的一幕，她根本無法解釋。

螢幕中的影片隨著語蓉將手機甩出，猛然間就恢復了正常似的。播放速度加快了許多。影片裡的女人，伸出了一隻爪子般的手，一把一把的用力將自己的頭髮給扯下來。頭皮上鮮血直流，血污染了本就骯髒的頭髮。

女人發出了一陣陰惻惻的慘笑。

宿舍裡四個女生，嚇得縮成了一團。

「搞什麼鬼，這個影片太嚇人了。」海安結結巴巴的用發抖的語氣抱怨，她在用聲音給自己壯膽。

「萬一，這不是什麼影片呢？」文惜弱弱的來了這麼一句。

語蓉氣道：「惜惜，我都怕成這樣了，你還嚇我。」

「我沒嚇你。我就是這麼覺得，說不定，你現在的手機，其實已經關了。」文惜指了指語蓉的手機。這部手機有個側屏，如果手機在開機狀態，側屏會顯示時間日期和剩餘電量，功能很貼心。

但是現在語蓉的側屏，明明熄滅了。這部手機，只有關機的時候，側屏才會熄滅。這意味著什麼，不言而喻。

語蓉的手機，其實早已經成功關掉電源了。但是螢幕上，那女人的影片，仍舊不停的播放著。

四個女孩，怕得喘不過氣。她們緊張的吞咽著口水，一動也不敢動。有心想要不去看螢幕上的影片，但是卻根本忍不住。那個影片，彷彿有魔力般，眼睛一放上去，就如同勾住了魂似的，根本移不開視線。

用膝蓋想，也知道情況不止怪，不止詭異。這分明是超出了科學能解釋的範疇。

影片裡的女人，仍舊陰惻惻的慘笑個不停。她大把大把的頭髮全被自己扯下來，

「啊！」四個女孩尖叫著。

螢幕裡，大股大股的血在往外湧。彷彿在播放3D影片般，全都從影片裡湧出來，打濕染紅了語蓉的被子。

一股難聞的惡臭，從手機處散發過來。

血之後，便是頭髮。大把大把的頭髮就像是一隻隻蠕蟲，從螢幕中爬出來。那些噁心的長髮沾著血，不斷爬向床上的四個女孩。

所有人都再也忍不住了，一邊尖叫，一邊跳下床。她們穿著睡衣，一窩蜂的朝寢室門的方向衝過去。嚇破膽的張月等人，想要逃出去。

可是逃了一半，四個女生都同時停下了腳步。沒敢再動。

大滴大滴的冷汗，從她們四人的額頭上滴落。

宿舍裡有聲音，有非常古怪的聲音。

這個房間中，不止她們四人！

宿舍寂靜無聲，就在四個女生背後，靠窗戶的位置，傳來了一陣恐怖的摩擦聲。那聲音像是耳畔的微弱呼吸，又像是什麼柔軟的東西不斷在地上拖曳。

張月感覺自己整個人都綳緊了。

「我們背後，有人？」語蓉緊張的說。

「不，不可能吧。怎麼可能有人，明明這個宿舍裡，只有我們四個而已。」黑暗吞沒了一切，女孩什麼都看不到。海安打著哆嗦，不斷自我安慰。

但是背後有人的感覺，越來越強烈。

「要不，我們一起回頭看看。」文惜建議道。

張月立刻將頭搖成了撥浪鼓：「不行，絕對不能回頭。事情太詭異了，你們沒看過電影和小說裡的情節嗎？這個時候回頭，肯定會豎旗領便當。」

「別吵了。愣在這裡幹嘛，趕緊逃出去啊！」語蓉語氣焦急，她的上下牙齒不斷發出碰撞聲。

身後的空氣裡，彌漫著陰森的冷意。似乎真的有什麼東西，從地上站起來，正在朝她們一步步靠近。會不會是剛剛手機裡爬出的東西，並不是幻覺，是真的有東西從手機中出來了？

太匪夷所思了。

「我也想走啊。」海安快哭了：「但是我腳不聽使喚，動不了。要不誰來打我一巴掌，讓我清醒點。」

隨著宿舍越發詭異，周圍的壓抑令四個女孩都沒辦法控制自己的身體。人類對危險的自我保護反應，在這一刻，卻變成了極為糟糕的逃生阻礙。

張月渾身抖得厲害，她能察覺到毛骨悚然的危險已經近在咫尺了。地上窸窸窣窣的聲音越發古怪，甚至有什麼東西，正在朝她們身上爬。

她再也忍不住了，一口咬在舌頭上。

「嗚痛。」哇的尖叫一聲，疼痛讓她短暫獲得身體的控制權，她猛地往前走了幾步，一把將宿舍門拉開。

門一開，走廊的風立刻吹了進來。還沒等她反應過來，原本黑漆漆的宿舍，燈光大亮。來電了？

張月保持著一腳向走廊邁，一腳還留在宿舍中的驚恐模樣。她轉頭，頓時大吃一驚。海安和文惜仍舊保持著一動不動的樣子，她們怕的臉都扭曲了。

而語蓉，卻不知道了去向。

「語蓉去哪裡了？」張月驚呼道。

「我，我不知道啊。」海安驚魂未定，還沒反應過來。

文惜深呼吸幾口氣：「我就站在語蓉旁邊，根本就沒有察覺到她失蹤了。怪了，宿舍就這麼大，她能去哪裡了？」

剩下的三人不由得打個冷顫。

海安和張月連忙將整個宿舍上上下下都找了一遍，根本就沒有發現語蓉的蹤跡。她的手機還被扔在地上，螢幕亮著，抖音影片已經恢復了正常。沒有卡頓，正在迴圈播放著一個小屁孩不斷唱著下三濫的歌曲。

文惜推推鼻架上的眼鏡，她找了個凳子爬高去摸了摸宿舍的燈。又查看了幾個連接著插頭的小電器。臉色頓時變得陰沉，不知道在想什麼。

找不到語蓉的張月和海安兩人，已經急成了一鍋沸騰的粥。

「該怎麼辦，語蓉一個大活人，怎麼說不見就不見了。月月，你說她該不會是自己走了吧？」海安不知道該怎麼辦才好。

她檢查了陽臺的門。門從裡邊好好的關閉了，窗戶也沒有破裂的痕跡。這意味著，除了宿舍的大門以外，語蓉根本就不可能從別的地方離開。

但宿舍門分明是張月打開的。她還擋在門前，如果語蓉真的趁停電的當口離開的話，張月不可能察覺不到。

但是語蓉，怎麼可能在宿舍這個密閉空間中，突然消失的無影無蹤，如同人間蒸發了似的呢？這太不科學了！

文惜若有所思，突然說了一句：「你們覺得，剛才宿舍是真的停電了嗎？」

「什麼意思？」張月抬頭：「明明就是停電啊，不然為什麼燈不亮，手機也充不了電？」

文惜皺著眉頭：「不，或許根本就沒有停過電。我摸過天花板上的燈，很燙手。這種節能燈只要一停電，溫度流失很快，幾分鐘功夫就不會燙手了。但是我摸到的燈，燙得很。」

張月看著文惜，不明白她想說什麼。

但是文惜接下來的一段話，讓張月和海安兩人，更加恐懼了。

「有沒有可能，不止咱們宿舍根本就沒有停電。而且天花板上的燈也沒有滅過，我們之所以看不見光，是因為有什麼超自然的力量，蒙住了我們的眼。讓我們的視覺過濾掉了光源，只能看到那股力量願意讓我們看到的東西？」

「怎麼可能！」張月覺得文惜的分析太扯了。

「我有證據。」文惜指著桌子上的燒水壺：「我們宿舍的這個燒水壺有斷電保護功能。一旦斷電再來電，燒水壺就會發出滴滴的警告聲。而且還會從保溫變為加熱。但是現在，你們看燒水壺，根本就沒有對六十五度的水加熱，這足以證明，宿舍絕對沒有停過電。」

「還有語蓉的手機。」文惜不敢拿這部扔在地上的手機，她鼓足勇氣，探下身迅速在手機螢幕上滑一下：「你們再來看。抖音短影片有記憶功能，你往回滑，就能滑到上一個看過的影片中。但是……」

文惜將短影片滑到上一個，讓張月和海安難以接受的是，那個影片是一個年輕女子在某條地鐵上因為壓力崩潰大哭的模樣。再往前，是一個戴著金鏈子的男子，在田坎邊上逮泥鰍。

無論如何都根本找不到，她們四人從語蓉的手機裡看到的那條怪異亂髮女人的影片。

這，到底是怎麼回事？

「惜惜，我們四個人裡邊，你是最理性的。你能不能告訴我，今晚究竟發生了什麼，語蓉，究竟去哪兒了？」海安聲音都在哆嗦，她怕極了。她感覺整個宿舍裡的每一口空氣，都藏著深深的惡意。

文惜搖搖頭，苦笑：「我，無法解釋。至少以現在的科學，今晚的事情，完全沒有解釋的物理基礎。」

「先找舍管吧，讓舍管報警。」文惜淡淡道：「唯一能做的，只有這個了。」

張月等人將語蓉離奇失蹤的怪事當即報告給了舍管。舍管根本不信，學校方面也不信。認為是這四個女生串通好，讓語蓉翹課。

直到打電話給語蓉的父母，知道她沒有在家。又檢查了監控，發現語蓉只有進入學校的監控影片，並沒有離開的影片時，這才感覺有些不對勁兒。

等到報警後，都已經過了一整天了！

自從語蓉失蹤後，員警將整個春城的監視器都仔細排查了一遍。得出的結論和學校一樣，語蓉自從禮拜日晚上五點半進入學校後，一直就沒有離開過。

禮拜日晚上通常都有晚自習。星期一，星期二，她還留在學校裡的證據很多。至於星期二晚上到底是怎麼失蹤的，張月三人被警方和學校都做了好幾次詳細的筆錄。

可沒有人相信她們的話。甚至張月三人，自己都不敢相信自己那晚的經歷。甚至有的時候，還會覺得那會不會是一場噩夢。

但是語蓉是真的人間蒸發了，她的父母也快急得發瘋了。

警方仔細搜查張月她們的女生宿舍，採集了許多生活殘留物。之後再也沒有來過學校，也不知道調查的怎麼樣了。

張月三人迫於學習的壓力，室友失蹤了，連假都不敢請。但是她們再也不願意待在那間宿舍裡，和學校提出了好幾次換宿舍的請求，學校也沒有搭理，只是推說現在宿舍不夠，沒有空的地方給她們住。

對於收費生和免費生，學校的差別待遇非常嚴重。這可能也是所有私立學校的弊病。免費生本來就是用來立牌坊的誘餌，吸引大量收費生父母來付出高昂的學費，讓學校盈利。收費生是學校的衣食父母，至於免費生，生源有的是，隨時都可以被放棄。

社會就是如此殘忍。殘忍到學習都可以成為一種圈錢的買賣。

張月三人本以為隨著時間的流逝，語蓉會被找到，她們的生活會恢復平靜。畢竟華夏的城市處處都是天眼，一個大活人，絕不會憑空消失。說不定那晚上她們看到的，並不是真相，而是一場集體幻覺呢？

但事實，常常會演變成墨菲定律。只要是壞的，無論機率有多小，最終都會一定發生。

語蓉消失後的第三晚，更恐怖的事情，毫無預兆的發生了。

那晚，張月做了一個離奇的噩夢。她夢到自己在刷手機，刷著刷著，那個低著腦袋有著噁心濕答答長髮的女人，出現在自己的手機上。那些頭髮又流出來，想要將張月活生生拽入螢幕裡。

張月尖叫了一聲，猛地坐起來，她心臟怦怦的跳個不停。

同一時間，膽小的海安，甚至連理智的文惜也都一併從床上坐起身。海安一邊尖叫，一邊大口大口的喘息著粗氣。而文惜一言不發，拿起床邊架子上的眼鏡戴上，這理智女孩去取眼鏡的手，不斷的發著抖。

窗外天光大亮，但是照射進來的陽光，沒有給這三個女孩一絲安全感。她們總覺得夏日的宿舍，陰冷的厲害。彷彿有一雙可怕的眼睛，正躲在某個地方，一眨不眨的窺視著她們。

三人哆嗦著，對視了一眼。

文惜歎口氣問：「月月，安安，你們夢見了什麼？」

「我夢見了頭髮，好多好多頭髮。」海安用雙手抱著心口，臉色煞白。

張月道：「我也是。」

「那些頭髮，是不是想要將你們拉進手機螢幕裡？」文惜問。

張月和海安都同時點點頭：「對。」

文惜又深深歎了口氣，臉色更煞白了。她在努力控制自己的情緒：「那我們應該做了是同一個夢。」

張月驚訝道：「太詭異了，咱們三人夢都可以做一樣的？難道，難道我們的宿舍，鬧鬼了？」

「我不知道世上有沒有鬼。」文惜仍舊搖頭：「還是那句話，我無法解釋最近發生的怪事。」

就在這時，海安又大聲尖叫起來。

張月和文惜連忙轉頭看過去，只見海安一邊尖叫，一邊瘋狂的揮舞雙手，似乎想要將手上的什麼東西扔掉。

兩人的瞳孔一縮，臉上全是驚懼和難以置信。海安的手，不知何時纏上了一綹頭髮。那些乾枯的頭髮烏黑發油，異常噁心。而且髮絲的前端，還在不斷的往下淌著膿臭的水。

文惜果然是她們中最理智的，她忍住害怕，拿了一個夾子將一些頭髮夾起來，放入了塑膠袋中密封。這才和張月一起，將海安手上的頭髮全扯下來，扔在地上。

海安的尖叫沒有停止，她哆哆嗦嗦的不斷地喊：「這些頭髮，這些頭髮，想要鑽進我的肉裡。我，我……」

「好了，冷靜點。每個人先檢查自己的床上，看有沒有奇怪的頭髮。」文惜大喊一聲，讓膽小的海安冷靜下來。

可是海安怎麼可能冷靜的了。她只是一個普普通通的女孩罷了，遇到這種完全無法理解的事情，除了尖叫發洩，還是尖叫發洩。

這是人類應對恐懼的本能。

文惜被室友叫的沒辦法，替海安檢查床上床下後，沒有發現多餘的黑色長髮。

又回到自己的床上檢查。

張月也心驚膽戰的將自己的床檢查了一番。她和文惜的床上，都沒有怪異的頭髮，看來只有海安的床上有。

文惜摸著下巴，很不解：「為什麼做了同樣的夢的三個人，只有海安床上有那種頭髮？這些頭髮，和語蓉的失蹤，會不會有聯繫？」

同樣不解的還有張月，但是張月已經管不了那麼多了。她只想回家。

「我今天去班主任那裡請假，先回去待幾天。」張月哆嗦著說：「再在這個宿舍住下去，我怕是會瘋掉。」

文惜一直都在思考著什麼，聽到張月的聲音才回過神，點點頭：「這樣也好。我也請幾天假，海安，你最好也請些假。咱們成績不差，幾天不上課在家裡學習也可以跟上進度。」

張月看著文惜將那些突然出現的頭髮密封著放好，心裡非常不安：「惜惜，你拿這些頭髮來幹嘛？」

「我認識城裡一家化驗公司。這些頭髮太詭異了，我想拿去化驗看看，看這些頭髮究竟是不是真的頭髮。如果是真的，又會是誰的。」文惜推了推眼鏡。

「不要吧，我有種不祥的預感。」張月緊張的說。

但是文惜顯然沒有聽她的，三人去了班主任那裡請假。班主任說話有些陰陽怪氣，對這些免費生請假的要求很意外，本來不准假的。但是耐不住張月她們的苦苦哀求，讓她們寫了請假條後，這才准了兩天假期。

沒想到，就只是這兩天，恐怖的事件，再次升級了！

07 黑色繩索（上）

「我請了兩天假後，被班主任催著去上學。」張月在餐廳裡繼續講道：「家裡待著也不舒服，所以我便回去了。可是能聯繫上的只有文惜，海安的電話說什麼也打不通。」

「而且家裡，似乎也不安全。我睡覺都睡不著，一閉上眼睛，就覺得有什麼東西在死死盯著我。就連手機，也開始怪怪的了。」張月想到什麼，掏出手機給夜諾看。

夜諾低頭看了一眼，沒發現這部用了兩年的大米手機有什麼奇怪的地方。為了安全起見，他甚至用手上的玉珠鏈擦擦眼睛。

手機仍舊還是那部手機，看不到任何別的東西。就是一部普普通通的手機罷了。當然，這也只是他的簡單判斷。

「手機不像有問題。」他對張月說。

張月的反應卻很大：「怎麼可能沒問題。我回宿舍後的第一晚，就遇到可怕的事。」

兩天後，她再次回到宿舍，只有文惜一起，無論如何都沒法聯絡到海安。據文惜說，海安回到家後，就一個人將自己關在屋子裡。將寢室中所有電子產品都扔出去。一天中唯一開門的時間，便是她媽給她送飯的那一小會兒。文惜昨天去海安家，海安也沒開過寢室門。

文惜隔著門問海安的情況，海安的情緒非常糟糕，說話凌亂不堪，答非所問。無奈之下，她只好走了。

當晚，張月在這空蕩蕩的陰冷宿舍裡，翻來覆去怎麼都睡不著。於是大半夜的掏出手機玩耍。隨手打開了一個新聞app，將音量調到最小，看了點八卦新聞影片。沒想到，在一個關於某男星劈腿的八卦影片還沒有播完的時候，畫風猛地一變。

張月嚇得毛骨悚然。

只見手機螢幕裡的畫面，赫然變成了自己學校裡的宿舍。但是原本熟悉的宿舍，竟然蒙上了一層骯髒的灰塵，桌子殘破不堪，鋼架床鏽跡斑斑。就連牆面，都出現了許多黑汙的血跡，以及斑駁的剝落牆皮。

彷彿宿舍，被廢棄了幾十年一樣。

還沒等張月反應過來，一臉蓬頭垢面的語蓉突然就冒出來。影片中，她在宿舍裡不斷的敲著牆壁和門，似乎想要找到逃出去的方法。

「有沒有人，求求你們了。這裡到底有沒有人。誰都好，快來救我！」手機裡的語蓉到處亂竄，大喊大叫，她不知走到哪裡。猛然間像是看到螢幕前的張月似的，臉上狂喜：「誰在這裡？」

張月背上發涼，哆嗦著下意識回答道：「我是張月。語蓉，你是語蓉嗎？你到底在哪裡？」

「張月，張月快救我。我在宿舍啊，但是宿舍怎麼突然變得這麼奇怪。我無論如何都逃不出去。學校也變了，外邊的風景像是末日似的，一個人都沒有。」語蓉大喊道。

「但，要怎麼救你……」張月說。

「你……」語蓉剛要說什麼，卻像是聽到什麼無比可怕的聲音，她打個顫：「來了，那個東西又要來了。」

「張月，快逃。千萬不要進這間宿舍。這個宿舍有問題。不然你們也會被它找到的，變成它的誘餌。」語蓉尖叫著，躲到破爛不堪的鋼架床底下。

手機的影片開始亂跳，如同有什麼電子干擾在靠近。只見一股頭髮如同河水般起伏著流過，突然，一個黑漆漆的臉出現在張月的手機螢幕上。

那張被骯髒長髮包裹住的臉，只露出了一張慘不忍睹的嘴。那是一個女人的嘴。女人發出「桀桀」的陰森叫聲，頭髮再次蠕動，那些亂竄的髮「啪」的一聲從裡邊打在手機螢幕上。

手機螢幕出現裂紋，眼看女人就要用頭髮將螢幕打碎，從裡邊爬出來了。

張月嚇得心驚膽寒，一把將手機扔出去。

手機離開視線後，再也沒有發出恐怖的女人叫聲。剛睡著的文惜被驚醒了，坐起身驚訝的看著一臉慘白，驚嚇過度的張月。

「月月，你怎麼了？」文惜問。

張月用顫抖的聲音說：「手機。手機裡邊我剛剛看到語蓉了，她困在一個和我們宿舍很像的地方，而且有一個長頭髮的女人，正在追殺她。」

張月嚇破膽，結結巴巴的將剛剛的恐怖事情說了一遍。

文惜鼓起勇氣，下床將張月的手機撿起來。她看了看螢幕，螢幕並沒有裂紋，甚至還顯示著張月最後看到的男明星八卦。

「要不，咱們還是再回家住些日子吧？」文惜歎了口氣，她雖然智商不差，但也只是個普通女孩。面對層出不窮的靈異事件，她根本無法處理。

「學校肯定不會再讓我請假了。」張月搖搖頭。

「對，這也是個問題。」文惜苦悶道。

像她們這樣的窮學生，能進這類高檔私立學校，非常不容易。離開學校久了，就會被學校判斷為沒有價值的學生，很有可能會被開除。

難道要對學校說，宿舍鬧鬼了？真新鮮，恐怕沒有人會相信的。

但是現在該怎麼辦？假如張月剛剛看到的一切都是真的。那麼這個宿舍便肯定有危險。因為語蓉說了，最好離開宿舍，離開遠遠的。否則，她們也有可能被拖入語蓉現在待著的世界，變成那個恐怖女人的誘餌。

而失蹤的語蓉，究竟去了哪裡。她現在是死是活？她所在的那個地方，到底是怎樣的存在？

沒人知道。

張月和文惜只感覺全身發冷。

宿舍有問題，她們卻偏偏沒辦法離開。

「總之，宿舍裡絕對不能睡覺。咱們先去教室待一個晚上。」文惜想了想，找了個折衷的辦法。

教學樓平時都不會鎖門，查寢的老師過了晚上十點半也不會再來。張月和文惜就這樣打著時間差，白天正常上課，晚上熬到查寢老師離開後，就偷偷溜到教室打地鋪。

雖然只是權宜之計，也不知道能撐多久。但隨著時間推移，沒幾天後，兩個女孩終究還是察覺出了不對勁兒。

她們的身體開始越來越弱。不是因為疲勞和睡眠不足，而是如同背上有什麼東西壓著她們，讓她們喘不過氣。

她們的頭髮也會在一覺醒來後，變得亂糟糟，濕答答的。頭髮上的水不知道哪裡來的，也不知道究竟是什麼成分。

那些水發出濃烈的惡臭，黏糊糊，濃的發黃。

張月和文惜實在撐不住了，她們感覺自己完全到崩潰邊緣。

她和文惜最終還是請了假。張月回到家後，如果不是爸爸偶然將那張祖傳的附身符給她，自己或許在前天就已經死掉了。

夜諾聽完張月的故事後，久久沒有說話。這事說實話，如果在幾天前，他沒有去過暗物博物館的話，自己一定會認為非常扯淡。

現在他能確定，這世上恐怕有許多血手口裡的暗物質生物。但是暗物質生物，能這麼凶？

至少夜諾無法想像，所以只能具體問題具體分析了。

他皺了皺眉頭，在腦子裡分析理順了張月的事情。說道：「你們宿舍的怪事，發生在一個八天前的晚上，對吧？」

張月點頭。

「先是你的舍友語蓉，被手機裡突然出現的黑髮女人給嚇住了，之後宿舍出現了鬼遮眼現象。」

明明宿舍沒有停電，但是裡邊的人卻看不見光。這和葛勝特物理實驗中提到的鬼遮眼現象很相似。或許暗物質生物，能擾亂人類的視覺，只讓你看到它想讓你看到的東西。

「對對，鬼遮眼這個形容詞很貼切。」張月用力點頭。

「之後語蓉就失蹤了。極有可能是被你們宿舍有某種東西，盯上了你們。那個突然冒出來的黑髮女人，到底是什麼身分存疑。到底幕後主使者是不是它，同樣存疑。同理可證，是不是它將語蓉給拉入了某種空間裂縫中，仍舊存疑。」

夜諾不斷思索著：「怪了，所有事情肯定有因果，人不會無緣無故的遭到超自然力量的禍害。如果那個出現在手機螢幕上的黑髮女人真的是某種超自然的存在的話，語蓉肯定在某個地方，沾染了它才對。」

從張月的描述看，擁有神秘力量的黑髮女子一直都在嚇她們。既然需要用嚇唬來報仇，只能證明，這傢伙的實力並不強。

還有一件事，夜諾非常在意。

為什麼四個女孩，都能從手機上看到那只黑髮女子？既然她們都能看到這女子，只證明一件事，那只鬼的力量，已經開始針對全部四人了。

他摸了摸下巴，問道：「對於那個黑髮女人，你有什麼線索？」

「沒有。我們從來就沒有見過。」張月搖頭。

「那你們最近有沒有幹過奇怪的事情，比如欺負過某個女生，讓別人自殺了。不管是有心的，還是無心的？」

張月更是用力搖頭，憤憤道：「這更不可能。我們四個都算是小學霸，每天努力讀書的時間不夠，學校裡的朋友也不多。哪有時間欺負人，別人不來欺負我們就已經謝天謝地了。」

夜諾看著張月坦然的神色，再次陷入沉思當中。張月以及她同寢的三人，自己一個都不瞭解。她的話，在某種情況下，還有待考證。

天色已經接近遲暮，不知為何，夜諾老覺得這件事裡透著一層怪異的氣息。他想來想去，還是覺得張月的事情，說不定真和自己的第一個任務有關係。

況且如果不幫助她，眼前的女孩，或許根本就生存不了多久。

沉吟片刻後，夜諾抬頭對一臉惶恐不安的張月說：「你的事情，有太多疑點了。我今晚去你宿舍待一個晚上看看。」

張月驚訝的「啊」了一聲：「我們女生宿舍不讓男生進去的啊，更不用說你還要過夜了。舍管阿姨火眼金睛厲害得很，況且，你又不是咱們學校的學生，可能門都進不去。」

「我自有辦法。」夜諾一笑，帶著張月朝她們學校趕去。

夜，已經徹底黑盡。

搭了一輛車，等到學校大門口時，森立高中的門前一個人也沒有。作為私立學校，全員都要住校。所以在這兒非星期日的節點上，沒有人也很正常。

這所私立高中，離夜諾所在的春城大學大約十公里遠，幾乎位於春城的東門邊緣了。占地很廣，至少夜諾看到的時候，都有些驚訝。

森立高中，特麼真有錢。難怪學費會貴的離譜。

高中大門非常霸氣，羅馬式的門樓，九根六人抱的柱子足足有十多公尺高，裝飾在大門兩側。大門有三公尺多高，兩邊都有警衛室和門衛大廳，裝修的極為奢華。

可是夜諾怎麼看怎麼彆扭。特別是那碩大的九根柱子，在風水上非常不祥。說是為了大氣，不如說，是有人特意將柱子立在那兒，鎮壓什麼東西。

「這個學校的老闆大概有點迷信，特地請高人看過風水。」夜諾摸著下巴，說了這麼一句：「你有沒有覺得這門和柱子，都很怪？」

「有一點。」張月點頭：「三年前第一次來的時候，就覺得很怪了。但是咱也不敢說，咱也不敢問。對了，你還懂風水？」

「我什麼都知道些。」夜諾摸摸鼻翼。

不遠處兩個坐著的門衛已經發現了兩人。一看大晚上了，張月和夜諾還站在門口，準備過來問問情況。

夜諾輕聲道：「給我指指女生宿舍的位置。」

張月指著大門右側的那條路：「順著這條路走，繞過操場，你就可以看到兩棟七層的建築。一棟是女生宿舍，一棟是男生宿舍。女生宿舍在……」

夜諾打斷了她：「這個我分得清，看陽臺上曬的內衣就知道了。」

張月臉頓時紅了：「下流。」

夜諾推了她一下：「學校保安來了，你先回宿舍等我，我想辦法潛入進去。」

「你有沒有問題啊。」見夜諾信心滿滿，張月表示極度懷疑。她們學校的保全力量很強大，畢竟這所私立學校就讀的學生，在春城都是有頭有臉，非富即貴的。學校更是以安全隱私聞名。

夜諾一個大活人，真的能偷偷溜的進來？

「沒關係，快去吧。」夜諾見保安越來越靠近，留下她一個人，自己倒是先走了。

張月猶豫了片刻，最終還是決定聽夜諾的吩咐，回那間恐怖的宿舍等。

那個陰冷詭異的宿舍，她其實一分鐘都不想多待。

見張月用學生證和請假條順利進入校園以後，他嘿嘿笑了兩聲，徑直朝著保安的方向也走了過去。

保安有些懵，愣愣的看夜諾大咧咧的拉開門走進保安室。也不知道他說了什麼，幾分鐘後，這個傢伙神不知鬼不覺的被放了行。

甚至兩個保安連夜諾出現過的監控記錄，也被一頭冷汗，嚇得不輕的他們主動刪除掉了。

晚上七點半，所有人都在晚自習。學院裡空空蕩蕩，死寂一片。夜諾一邊走一邊觀察這所學校的地勢，越看越是心驚。

這地方明顯找風水大師看過，改良過。可按照堪輿學說，風水仍舊糟糕到極點。

雖然全球大多數學校，都是建立在從前的墳場亂墳崗等等地方，寄望學生自帶的朝陽氣息，來將這些地方的戾氣壓制住，不出亂子。

可是森立私立高中的用地，尤其不好。恐怕就是用來當墳地，只要是會點皮毛的風水先生都會猶豫。

但就連夜諾這個風水玄學的半吊子，都能看出森立私立高中的地極為糟糕。既然風水大師都來看過了，怎麼可能看不出這塊地有問題？森立私立高中為什麼一定要將學校建立在這塊地上？甚至，還用了門口的九根羅馬柱來鎮壓地氣？

夜諾很不解。

但這些都不需要他操心，他可沒那麼好心。夜諾只需要救張月，挖掘出怪事背後的真相，找找看到底和 101 號房給他的任務有沒有關聯就夠了。

沒過多久，他順著小路走，來到高中的前花園。

不愧是私立學校，保全確實比普通公立嚴密太多了。夜諾越走越驚心，怎麼回事？這學校內分佈有大量的攝影機。可觀察了一會兒，他皺起了眉頭。

怪了。

雖然也有些攝影機指著校內的人行道。可更多的攝影機，擺放位置卻偏的很厲害。腦袋朝著花園和草地的方位。

學校對這些根本沒有安全隱患的地方攝像監控，是想要搞什麼鬼？阻止學生們早戀？

「不對。」花園和草地雖然確實是早戀滋生的溫床，可攝影機擺放的位置，還是不太對。它們似乎呈現著某種奇怪的規律，夜諾也說不出來。但就是讓他很不舒服。

這個學校，太詭異了。

一路上，夜諾算准了攝影機的死角，避著躲著一直朝女生宿舍前進。不久後他來到操場旁的兩棟樓前。

這兩棟樓一左一右，高達二十多公尺，但是有點難看，彷彿是兩座墓碑，插在地上。不知是設計師的審美有問題，還是故意這麼搞的。

女生宿舍在右邊，不難找。因為七層樓的每一個陽臺上，都塞滿了花花綠綠的女生衣物。宿舍一層樓共七間房，只有一樓是全封閉的。二樓以上半封閉。能進出的門只有一扇，被一個五十多歲，火眼金睛的舍管阿姨給守護著。現在晚自習，當然沒有人出入。微胖的舍管阿姨一邊扣著腳丫，一邊在用老式電視看韓劇，看的很起勁。

夜諾沒浪費時間，很快等到舍管阿姨的視線搜尋漏洞，偷偷竄上樓去。

402 女生宿舍中，文惜也沒有去上自習課。

她的假已經結束了，班主任再也不肯請假，直言告訴文惜，如果再不斷找理由請假回家的話，學校就會考慮勸退她。

自己的好友張月也請假，不知道什麼時候會回來。

一直都能理智的文惜沒辦法，她準備今晚繼續和往常一樣，前半夜待宿舍，後半夜去教學樓打地鋪。也不知道這糟糕至極的狀況，要延續多久。

文惜甚至嚴重懷疑，自己能不能活到高考。她的身體，越來越差了。經常神經痛，而且血管還隱隱在變黑，不知道裡邊有什麼東西。

總之無論裡邊有什麼，她都能感覺到，自己快要撐不住了！

08 黑色繩索（下）

文惜沒時間去醫院，感到自己要瘋了，她在崩潰的邊緣，她根本不能忍受血管中越來越黑的物質繼續堆積。

所以當張月走進宿舍的時候，立刻就看到驚人的一幕。

文惜拿起美工刀，正準備將自己手腕的血管割開，想要看看裡邊到底有些啥！

張月嚇得尖叫一聲，撲上去將文惜手裡的刀給搶下來。

「惜惜，你瘋了，有什麼事情也別想不開啊。」張月尖叫著。

文惜揉了揉長髮，苦笑：「冷靜點，月月，我不是想自殺。」

「你都準備拿刀割手腕上的動脈了，還說不是要自殺。」張月不信。

「可我真不是想自殺啊，我發誓。」文惜說：「我找的是一根靜脈，就算割出個小口子也不礙事。我就是想看看，自己身體裡有什麼。」

張月用懷疑的眼神看她，文惜明白自己肯定會越解釋越亂，乾脆沒再說話。她掃了一眼張月的臉色，頓時大驚道：「月月，你的臉。」

「我的臉怎麼了？」張月連忙掏出化妝鏡看了幾眼。沒看出毛病啊。

「你的臉，氣色似乎不錯。」文惜皺了皺眉，她有些不解。前兩天，自己和張月都變得虛弱，臉色慘白，甚至顯得有些灰敗。

但今天張月的氣色恢復了，像是吃了大補藥。鏡子裡兩個人的臉對比在一起，更是顯得文惜氣色極差。

「我確實渾身都舒服多了。」張月聽了這話，有些意外。仔細感受了下後，她能察覺到身體確實比前幾天好。

想來想去，應該就是那張祖傳的護身符的原因。想到那個古怪建築物的主人夜諾，張月頓時來了精神：「惜惜，我們有救了。我請了一個高人來救我們哦，等一會兒他就來了。」

「高人？」文惜顯然不信。世上有沒有鬼不好說，但所謂的高人，張月隨便出門一趟就能請來，還會來森立高中的女生宿舍裡。不是急用錢的騙子的話，才有鬼咧。

「說說看，你找的高人是怎麼回事？」文惜不只理智，人也多疑。

張月興匆匆的將自己怎麼找到祖傳的護身符，護身符怎麼救了她，她如何抽絲剝繭找到夜諾等事告訴文惜。

文惜越聽越懷疑：「這不科學啊。你說的那個夜諾，越聽越像騙子的手段。用的手法比廟會上那些跳大神的都低劣。」

「你怎麼用那些跳大神的騙子跟夜諾比。」張月氣道：「他很科學好不好。」

「不靠譜。」文惜撇撇嘴：「你說的太玄幻了。」

張月一跺腳：「最近咱們一個多星期遇到的東西就不可怕，就不玄幻？既然我們都能碰到怪事情，那肯定有相對應的，可以解決怪事的人。」

有些事有些東西，不親身經歷，根本就難以理解。張月親歷過，所以她琢定這世界也並不全都是物理和科學能夠解釋的。至少現在的張月，有點信玄之又玄的事情了。

文惜沒親眼見過，自然是不肯信的。

「你說的有一定道理，」文惜搖搖頭：「但我就是怕你被他給騙了。」

「他騙我，圖什麼啊？」張月愣了愣：「我窮學生一個，沒錢。何況還是我自己找上門去的。」

「他圖什麼，我現在還不知道。知人知面不知心，你也清楚，小月，你在咱們班裡，好歹也是班花好不好？」

了。

「你的意思是，他看上了我的姿色，要騙色？」張月心臟一跳，之後用力搖頭。她很有自知之明，夜諾看自己的眼神，一直都冷冷的。只比看陌生人好些許罷了。

如果他看上了自己，會用那種眼神看她嗎？

「那我們就等著吧，如果那個夜諾真的能混進女生宿舍，我就先給他比個大拇指。學校的保全嚴格的很，他一個大男生，怎麼可能進的來。」文惜搖搖頭，看張月怎麼勸都不聽她的，歎了口氣：「如果不來的話，就證明他根本就在騙……」

話音剛落，就聽到宿舍外傳來了敲門聲。

張月和文惜本能的嚇得身體一縮。她們被層出不窮的靈異事件，嚇得有些怕了。

「誰？」張月大著膽子問。

一個男性聲音低沉的傳了過來：「我。」

「太好了，是夜諾來了。」張月驚喜上前想要開門。

就在女孩走到宿舍門口近在咫尺的地方，手快要扭動門把手把門打開的一瞬間。她額頭上猛地滴下了幾滴冷汗。

不對，聲音不對。這個男性的聲音很模糊，也沒有任何感情色彩。最重要的是，說他像夜諾的聲音。對，確實像。但同時也像任何男性的聲音。

門外敲門的，真的是夜諾嗎？

張月猶豫了。

「你到底是誰？」張月又問。

「是我啊。」門外的男人再次回答。

張月背後的文惜，也看出張月表情有些不太對。偷偷走上來，輕聲道：「張月，怎麼了？你怎麼不開門？」

「門外的人，說話有點奇怪。」張月咬著嘴唇。

兩個女孩對視一眼，一聲不吭的趴下身體。她們頭埋在地上，臉貼著地面，想要從門縫向外望。

門縫後就是女生宿舍的走廊。黑漆漆的走廊，並沒有燈。她們什麼都看不見。張月和文惜的臉色瞬間慘白起來。

這間貴族學校，宿舍裡用的是感應燈。如果走廊上有人，燈肯定會亮起來。燈沒有亮，就代表……

門外的，不是人！

兩個女孩倒吸一口涼氣，驚慌無比。怎麼辦，該怎麼辦？門外的既然不是人，那敲門的，又是什麼東西？

不能開門！

絕對不能開門！

張月和文惜感覺渾身僵硬，門外又傳來了敲門聲。但這一次，敲門的人顯然很不耐煩起來。

門被拚命的敲響，品質不算差的門板被門外的人不斷地踢，瑟瑟顫抖。

突然，就在兩女孩往外望的瞬間。一雙猩紅的眼睛，在黑暗中出現。那雙眼睛可怕至極，沒有瞳孔，眸子裡全是血絲。最恐怖的是，眼睛表面，甚至都長滿了黑色的毛髮。

那些毛髮，猶如刺進了眼珠子的瞳體中，看著都痛。

兩女尖叫了一聲，嚇得身體都直不起來，拚命的向後連滾帶爬的退。

門外的聲音，從毫無感情的男性聲音逐漸變化。混合著陰森的淒厲喊叫，以及刺耳的尖叫聲。

「嘻嘻，嘿嘿哈哈哈。」

門外還在不停敲響，門縫下的那雙眼睛，仍舊一眨不眨，死死在走廊的黑暗中盯著她們。

如果門外的人低著腦袋，又如何將門踢響的？

一切的一切，都太超自然了。

張月和文惜，快要被嚇到崩潰的邊緣。

這時更糟糕的情況出現了，一襲黑髮，猶如爬蟲般，想要從門縫下邊爬進來。

一綹綹骯髒噁心的頭髮，不停蠕動。眼看就要爬到兩個女孩的跟前，突然，走廊外傳來了一陣淒厲的慘笑聲。

聲音瞬間就遠了，眨眼就消失的無影無蹤。

整個宿舍頓時安靜下來，只剩下張月和文惜兩個女孩癱坐在地上面面相窺。寂靜了大約幾秒鐘，門外，又傳來了敲門聲！

「開門。」敲了一陣子，都沒有人開門。門外的人開始不耐煩了，開口說道。

張月終於打起精神，低聲對文惜說：「這聲音，應該真的是夜諾了。」

「你能確定？」剛才遇到那麼可怕的事情，文惜非常謹慎。

張月啞然：「不，不能確定。」

門繼續被敲響，門外的人不耐煩到極點。乾脆一腳踹在門上。門猛地顫抖了幾下後，鎖都被撞歪了。來人力氣非常大，又踢了一腳門。眼前的門終於承受不住，吱呀一聲敞開來。

走廊亮著燈，站著一個不算高大的冷峻男生。

兩個女孩抱成一團，驚恐的看著那男生。張月鬆了大大一口氣：「夜諾。」

「是我。」夜諾沒表情，也沒忌諱，幾步走入402宿舍後，將鎖都爛了的門關上。也沒看張月和文惜，只是環顧了寢室裡幾眼。

之後皺了皺眉頭。

「門外，門外的那個人，跑了？」張月心驚膽戰的問。

「門外什麼人？」夜諾疑惑道：「我沒看到有什麼人。」

「不可能，我們分明都聽到，有什麼東西在門外，一直在敲門。」文惜活像一隻被踩了尾巴的貓：「如果你真的什麼都沒看到，為什麼你那麼急，連門都踹爛了？」

夜諾沉默一下：「好吧，我確實看到些東西。但卻不是人。」

「不是人？」張月打個哆嗦：「是什麼？」

「是一團黑色的繩索，不斷敲門的繩索。」夜諾摸著下巴。他一到張月的宿舍門前，就聽到瘋狂的敲門聲。那聲音很突兀，明明走廊上空無一人。但是門卻被砸的嘩嘩作響。

夜諾當即用玉手鏈擦了下眼睛，頓時看到驚人的一幕。

一團漆黑、散發著驚人戾氣的繩子像蛇一般昂起一端，不斷撞擊著宿舍門。人體感應燈感應不到它的存在，夜諾倒吸一口涼氣，壯起膽子往前走了兩步。那根繩索卻彷彿察覺到他的存在，更察覺到夜諾竟然能看到它。

繩索笑了。

一根漆黑的繩索，竟然發出了擬人的淒厲笑聲。之後繩索莫名其妙的化為黑煙，消失得無影無蹤。

夜諾怕寢室裡的人有危險，連忙撞了進去。

還好，張月兩人，至少現在完好無損。不過這個房間，有點不妙啊。用手鏈擦過眼睛的夜諾，暫時能看到暗物質的氣息。

滿屋子的孽氣彌漫，將頭頂的燈光也暗淡下去，變得黑漆抹黑的。一粒粒的黑色粒子在空氣裡遊蕩，不斷地朝張月和文惜兩人的脖子上纏繞過去。

夜諾想要弄清楚黑色暗物質粒子的來源究竟在哪裡，所以他走來走去，看個不停。

見夜諾不再理會自己兩人，文惜偷偷的將張月扯到一邊：「你還說他不是騙子，你看，他一直賊眉鼠眼的在亂看。剛剛的視線，分明落在我們晾曬的內衣上。」

果然，夜諾的視線完完全全的落在陽臺的內衣上。

張月臉色一紅，張口道：「夜諾，你在看什麼？」

夜諾仍舊沒開腔，所有精神，全都落在晾曬架裡，彷彿眼睛都掛上去。

張月羞愧不已，文惜不斷的冷笑：「怎麼樣。他果然對你有所圖。咱們現在叫舍管把他趕走還來得及。不然這個色狼，鬼知道會對我們做什麼。」

文惜根本不相信夜諾，怎麼看都覺得夜諾是個神棍。

突然，夜諾指著晾曬架中的一件內衣，大聲道：「這個是誰的？」

「夜諾先生！」張月也快要陷入懷疑當中了，這傢伙，真的能救大家？哪有一進女生宿舍就盯著別人隱私看的？

女孩抬頭，水汪汪的眼睛急的快哭了。但是當她看清楚夜諾手指著的內衣時，卻又愣了愣。那件內衣很普通，但卻不是張月和文惜的。

應該屬於失蹤的語蓉。一個多禮拜前，語蓉突然失蹤，根本連自己曬好的內衣都沒辦法收起來。而最近發生了那麼多力氣的事情，她和文惜哪裡還有心思替好友收納衣物。

於是這件內衣，活活風吹雨淋了七八天。純白的表面，都開始泛黃。不，不對，那絕對不是雨水能淋出來的黃色，更像是發黴的黃黑。無數黑色的卵一般的怪東西，爬滿了內衣的表面，甚至浸透入了純棉纖維中。

「取下來看看。」夜諾將發黑發黃的內衣，用杆子小心翼翼的取下來。完全不敢用皮膚直接接觸，因為這件內衣，明顯有問題。

將內衣平放在陽臺地面，兩個女孩一個男生蹲下，低頭打量著。

「這件內衣，是語蓉的。」文惜倒是沒看出什麼。

「你再看看。」夜諾迅速的用手鏈在她的眼皮上一擦。

「你在幹什麼啊。」文惜下意識一縮，還以為自己要被非禮了。但是接下來的一幕，讓她徹底懷疑其人生來。

無數黑色的粒子，從語蓉遺留下來的內衣內飄飛出來。就像是無數黑色小蟲子，有意思的在亂舞。但是這些黑色粒子舞動的終點，就是她和張月。

文惜尖叫一聲，瘋了似的跑到鏡子前打量自己。她看到自己的脖子上，一圈黑色的繩索正在越來越凝實。

像是一條蛇，將她的喉嚨緊緊的纏住。文惜拚命的想要將那根繩索扯下來，但是她摸不到，卻偏偏越發呼吸困難。

眼睛裡令人發瘋的景象持續了幾秒後，猛然間消失不見。

文惜呆愣愣的站在鏡子前，完全不知道該怎麼反應。她渾身都在哆嗦，眼中恢復了正常的世界，也變得草木皆兵，恐怖猙獰起來。

「這是怎麼回事。你到底對我耍了什麼戲法？」許久後，文惜才駭然的衝夜諾吼道。

夜諾撇撇嘴：「現在你還認為我是騙子和神棍嗎？」

以這傢伙的智商，哪裡看不出來文惜對自己有敵意，也很抗拒。不過他也能理解，身陷絕境的人也分好幾種。文惜屬於理智型，不相信天上會掉餡餅的那種。

「這可以解釋，肯定可以。」文惜捂著腦袋，瘋狂的在記憶裡搜索著，可以造成剛剛現象的科學解釋：「例如有一種藥物，只要接觸到，就能產生幻覺。」

「多巴胺的藥水達不到這種效果。」夜諾打斷了她想要說的話：「而且這世界上也沒什麼不喝下去就能迷魂的藥水。」

他一連說了幾種文惜可能知道會產生迷魂效果的藥物，然後一個個的替文惜否決。

文惜啞口無言，再次駭然，這個傢伙難不成還會讀心術？怎麼自己腦子裡想的東西，他全都提前說出來了。

這傢伙，到底是什麼人？

「接受事實吧，你們遇到超自然恐怖事件。而這些黑色粒子，很有可能是暗物質。」夜諾撇撇嘴。

早在幾天前，恐怕他也是不信的。

但是現在，擁有暗物博物館後，他信了。甚至相信人類科學家遍尋不著的，佔據了宇宙重量百分之九十六的暗物質和暗能量，其實有意識，還能引起超自然現象這件事。

不過還是那句話，暗物質只是一種能量和重量的介質，而不是主體。張月和文惜遇到的怪事背後，一定還有一個針對她們的主體。

這個隱藏在背後的主體是什麼，和眼前這條不斷散發出黑色暗物質能量的內衣，有什麼聯繫？

夜諾覺得，應該好好將事件梳理一遍才能搞清楚先後順序。

首先，這原本屬於語蓉的內衣，應該就是這間女生宿舍仍舊在不斷發生怪事的原因之一。而第一個失蹤的語蓉，恐怕不久前曾經經歷過什麼，所以才會被暗物質纏身。

但到底語蓉遇到啥，這很關鍵，也是需要儘快調查的方向。

夜諾用了一個封口袋，將內衣封在裡邊。但是黑色粒子根本不受物質層面的影響，仍舊不停的揮發黑暗煙霧。

「有點不好搞啊。」他想了想，嘗試著用玉手鏈靠近密封袋。沒想到誤打誤撞，翠綠色的玉珠子內竟然分出了一些綠色能量，將密封袋給包裹住。

黑色粒子被困住，瘋狂的在翠綠能量中撞來撞去，卻始終無法逃逸。一瞬間，整個陰森鬼氣的女生宿舍，都清明許多，就連空氣都舒暢了。

「這串玉珠，有點意思。血手送我的東西看來絕對沒有只是打賭輸了的賠償那麼簡單。」夜諾思忖著：「難不成這是對博物館管理員新手期的保護措施之一，只要在管理室存活下來的人，都有？」

沒想太多，夜諾再次觀察起四周。

但是他並不知道，自己的行為，已經讓科學小妞文惜詫異到極點。無論是那雲淡風輕的淡定，還是隨手在眼皮上一抹，自己就能看到鬼域般的場景。更是因為她能清楚的察覺到，夜諾隨手將語蓉的內衣封在一個普通的密封袋中後，宿舍裡壓抑的氣氛，就陡然變得無比輕鬆。

她渾身舒坦了不少。

「張月，你找來的人，到底是誰。他好像有點真材實料。」文惜偷偷對張月說。

張月得意道：「我就說了吧。」

宿舍窗外的夜，極近黑暗。學校陸續有男生女生開始下晚自習，校園裡逐漸喧鬧起來。夜諾的搜索，仍舊沒有太多起色。

「除了這件內衣外，語蓉還留下了什麼？」夜諾問。

「她失蹤後，父母來宿舍將蓉蓉的大部分物品都帶走了。一部分交給了警方，一部分帶回家。」文惜回答。

「聽說宿舍發生怪事後，你留下了一部分突然出現的頭髮物質？」夜諾看向文惜。

文惜見識夜諾的手段後，對他開始有初步的信任。當即點點頭：「對，我夾了一些準備送去化驗。」

「東西呢，化驗出結果沒有？」

「哪有時間，我被嚇得焦頭爛額的。」文惜苦笑：「現在那坨東西，還留在家裡咧。」

想到這，她突然臉色一白，瘋了似的拿出電話給家裡打過去：「糟糕，如果那些東西，也像語蓉的內衣一樣，在散發黑色粒子就完蛋了。不知道我的家人會不會受到影響。」

電話很快接通了，文惜家並沒有出現怪事。

她鬆了很大一口氣。

「你有空把那團物質給我，我大學裡有現成的實驗室，很快就能看出結果。」夜諾說：「你們宿舍不是還有一個叫海安的嗎，她是怎麼回事？」

「她已經申請休學了，不敢出門，不敢見光。我去她家找她，甚至海安都不給我開門。」文惜歎了口氣。

「地址給我，我明天去她家看看。」夜諾越發感覺到，這間宿舍曾經發生的事，百分之九十和自己的任務有關。

挖掘出這件事背後的秘密，尋找到秘密中隱藏的東西。101室的門，就能被自己打開。時間，還剩下四天多一點。

不成功，便成仁。

無論是宿舍中還活著的三個女孩，還是生死存疑的第四個女生語蓉，甚至夜諾他自己，其實都在走鋼絲，在和生死時間搏命。

「語蓉的床在哪裡？」夜諾又問。

張月指了指靠近窗戶的鋼架床。這傢伙倒也乾脆，三步兩步爬上去，合衣躺在那張床上。

「你，你幹嘛？」文惜瞪大眼睛，她搞不懂夜諾的行為。

「睡覺啊。」

「睡，睡覺。在我們宿舍？」文惜和張月同時緊張的咽了些口水，這人，實在是厚臉皮，太不按常理出牌了。

「放心，我佈置了些心理陷阱，今晚舍管大媽肯定不會到四樓查房。」夜諾自通道。

這根本就不是查房不查房的問題。兩個女孩有些無奈，但是夜諾已經非常肯定不會離開。他倒要看看，在一切怪事源頭指向的語蓉的床上睡一晚，究竟會不會遭遇可怕的經歷。

如果真發生怪事，他至少能掌握更多的有利線索。畢竟現在的夜諾，一頭抓黑，能利用的資訊，實在是太少了。

他閉上眼睛，很快就進入了非深度睡眠狀態。

兩個女孩被陌生的男生闖入自己的舒適圈，剛開始還有些緊張。但是也因為夜諾的存在，她們逐漸安心下來，不知不覺間，也穩穩當當的睡著了。

一夜無話，根本就沒有發生怪事。

但是當夜諾睜開眼的一瞬間，他渾身打個冷噤，整個人站起。

09
孤獨者和孤島（上）

一個女孩的身影，就在夜諾近在咫尺的位置。是文惜。

她整個人都飄在空中，臉變成了豬肝色。雙手拚命的撕扯著脖子，彷彿脖子上有一圈看不見的東西，正緊緊的將她死死拽住。文惜的喉嚨無法發出聲音，她的兩隻腳徒然的在空中搖擺，眼看就要被拽入天花板上。

「該死！」夜諾翻身站起，用手鏈擦擦眼睛。

原本已經隨著語蓉的內衣被封住而消失不見的黑色粒子，再次出現在402號寢室中。游離的粒子凝結成黑色繩索，死勒住文惜的脖子不放。繩索結實而纖長，遠遠的延伸向窗外看不到的遙遠方向。

猛地，繩子的另一端一抖，整個繩索都波濤蕩漾起來，力量傳導到文惜身上。女孩無聲慘嚎，隨著繩子收緊，她的身體也倒掛在天花板，被黑色繩索向窗戶外拽走。

夜諾連忙撲上去，用力將文惜的雙腿抱住。

他粗魯的動作吵醒了熟睡的張月，女孩眨著睡眼，當看清楚屋裡的狀況時，嚇得險些尖叫出來。

文惜被無形的黑色繩索不斷向外拖，她快要被勒的窒息了。

「抱著她的腿。」夜諾大喊一聲。

「啊，啊啊。」張月這才反應過來，抱住了文惜的另一條腿。

三個人的重量，似乎並沒有產生任何效果。反而夜諾和張月兩人，倒是被文惜一起朝外拖去。

「想要拖走惜惜的，到底是什麼東西？」張月恐懼道。

「就是你昨天脖子上的黑色繩索。」

「黑色繩索。」女孩打個寒顫，下意識的想要摸摸脖子。

「別放手。」夜諾厲喝道，他心思湧動，卻又有一絲茫然。縱然夜諾智商無敵，但是面對著看不見摸不著的神秘力量，沒什麼經驗的他很是無奈。

不，說不定也不是完全沒有反抗之力。

夜諾低下頭，看了手上的玉珠鏈一眼。既然玉珠鏈中的翠綠能量，能夠隔開語蓉內衣中揮發出來的暗物質力量，那麼對這黑色繩索有沒有用處？

轉念間，他根本來不及細想。用力揮動戴著玉珠鏈的拳，朝文惜的下顎打去。拳頭看似打空了，但是正好擊中那平常人看不到的黑色繩索上。

黑色繩子通體冒著不祥的戾氣，玉珠鏈一接近，一絲絲翠綠顏色就散發出去。黑色煙霧彷彿遇到剋星，竟然被翠綠顏色給燒毀了。

翠綠的火焰將文惜脖子上的黑煙燒了乾淨後，玉珠鏈的第一顆珠子就暗淡下去，似乎失去了作用。

有效！

黑色繩索被燒斷，斷裂處被繩子的另一端收了回去，迅速就消失在西邊的天際盡頭。

文惜整個人都癱坐在地，神色害怕，眼神呆滯，緩了很久很久，這才擠出一絲劫後餘生的恐懼。

「得，得救了！」她躺在冰冷的地板上，一咬牙：「不玩了，被開除都可以，我死都不要住這間宿舍了。最多我複讀一年，明年再高考。」

夜諾環顧四周，搖搖頭：「我不建議你退學。」

「為什麼？」文惜被夜諾救下後，趾高氣揚認為夜諾是騙子的心態早就沒了。

看著他的臉，女孩有些羞愧。

「個人認為，一切怪事的根源，肯定不在宿舍。而是在語蓉身上。你們被語蓉傳染了，如同傳染病似的。無論逃到哪裡，都躲不開那根黑色繩索的糾纏。」夜諾道。

文惜和張月沉默了。

「但是我現在舒服很多了，脖子上的黑色繩索，是不是已經被你弄掉了？」文惜摸摸喉嚨。

「理論上是。但實際上，隨著時間的積累，那些黑色繩索，終究還是會凝結出來，再次纏住你的脖子。」夜諾撇撇嘴：「你和張月都逃不掉。既然逃不掉，還不如勇敢的面對，用必死的決心，去將背後的真相挖掘出來。」

九天前，這間宿舍裡的語蓉，到底遇到什麼事。為什麼會將這些恐怖的東西帶回來？她遇到的事，絕不簡單。夜諾猜測，那間散發著黑色粒子的內衣，恐怕就是語蓉遇到可怕事情的那一天穿過的。

不止是她，就連她身上的物件都沾染了恐怖氣息。哪怕只是想想，夜諾也覺得可怕。

語蓉究竟身在何處，是空間裂縫，還是異次元？她是生是死，還是如同量子力學般，處於不生不死的量子狀態。

最主要的是，那些纏繞向女孩的黑色繩索，是以何種目的存在？為什麼想要將她們帶走，又要將她們拉去何處？繩索的盡頭，是不是還有更可怕的東西在操控緊握著繩子？

還有那個出現在張月和文惜的夢中以及手機裡，有著長長頭髮的古怪女人，又在這整個事件中，扮演哪種角色？

一切的一切，夜諾都想不明白。

張月和文惜感受到生存的壓力，聽著夜諾一點一滴的分析，腦子也挖空心思想個不停。張月和語蓉的關係較好，突然想到一件事。

「文惜，蓉蓉好像在高二下半學期的時候，因為壓力，似乎參加了學校裡的哪個社團。你還記不記得社團的名字？」張月問。

文惜打個冷顫：「對，對。我記得她確實參加了社團，而且還挺活躍的。十多天前的週末，蓉蓉還興高采烈的告訴我們社團當晚有活動。想來，她就是從社團活動結束後的禮拜一，開始不對勁兒的。」

夜諾摸摸下巴，吩咐道：「那咱們開始分頭行動。張月，你去學校裡打探一下語蓉參加的社團的名字，最好明確那晚社團活動的內容。最好連社團的社長和團員都找一遍看看，說不定有非常重要的發現。」

張月連連點頭，揮舞著粉拳：「交給我。」

「文惜，你現在暫時安全。先回去把你找到的頭髮物質取回來，送到春城大學的化驗室。提我的名字就好了，他們肯定會優先化驗。」

「嗯！」文惜點點頭，問了一句：「那你呢？」

「按照原本計畫，我去海安家看看。」夜諾跟她要了海安的地址。

文惜欲言又止，她回想起進入海安家後，渾身的戰慄和深入骨髓的不安。她的渾身上下都在冒雞皮疙瘩，靈魂中有一股本能的恐懼。彷彿海安家，藏著某種致命的可怕存在。

「夜諾，小心一點。雖然我知道你是個有本事的人，但……」文惜一咬牙，道：「但是海安的家裡，絕對不止她和她老媽兩個人。我總覺得，那裡沒那麼簡單。」

夜諾聽了她的話後，大感意外：「有意思。你們三人同樣都是被語蓉身上的戾氣給污染了，難道還有污染的大小之分？」

「總之，海安家，和我們倆遇到的情況，都不一樣。」文惜無法解釋。

「謝謝，我會小心的。」夜諾點頭。現在才凌晨五點，遠遠的天際緩緩亮起來，可窗外的校園依然寂靜。

他趁著這份寂靜偷偷走出女生宿舍，從大門離開。

門口的兩個保安見他走後，長長的鬆了一口氣。這傢伙的眼神猶如厲鬼，什麼都能看穿，也不知道從哪裡抓住了他們的把柄，逼得只能將他放進去。

現在瘟神終於走了。

夜諾離開森立高中後，隨便吃了頓早飯，去公共衛生間用清水潑了臉，權當做洗臉了。趁著早，他騎著共用單車，朝海安家的地址趕過去。

一路上，他思潮起伏，不斷地回憶和整理著整件事的線索。想來想去，仍舊沒有什麼頭緒。

那黑色繩索的許多特性，都令夜諾有一股熟悉感。只需要一個觸發點，夜諾就能將這繩索的底細給挖出來。

希望海安的家，就是那個觸發點吧！

夜諾有些感慨。

不知不覺，今天已經是處暑。春城還沒有真正的熱起來，就又要冷下去了。古怪的天氣，和最近遇到的事情一模一樣的怪異。

海安家離森立高中並不算近，所以他騎車到的時候，幾乎已經要早晨十點了。

這裡屬於春城的南郊，海安家的房子很老舊，至少也有二十多年的房齡了。沒有電梯，上世紀風格的房屋透著一股灰敗和蕭條，再加上又是六層頂樓，拾階而上，夜諾只碰到些顫顫巍巍的老人。

「604號。」他敲了敲海安家的房門。

沒有人回應。

夜諾將耳朵湊到鐵門上聽了聽，沒聽出什麼端倪來。他不死心，將眼睛湊向貓眼。貓眼裡漆黑一片，什麼都看不清。彷彿屋子裡除了黑暗，就是黑暗。

「咦，怪了。」夜諾將眼睛挪開，朝走廊的盡頭看去。明明是白天，走廊的那一扇窗戶外灑入喜人的陽光。而海安家的屋子朝著向陽面，正是陽光正好的時間。哪怕是拉上了厚厚的窗簾，也不可能什麼也看不清啊。

夜諾皺皺眉，又一次透過貓眼想要看清楚屋裡的景象。眼睛第二次湊上去，他就駭然了。貓眼裡模模糊糊，分明是有光的，一丁點也不黑。那剛剛是怎麼回事？

夜諾猛地打個寒顫，猛然間就明白了。第一次他透過貓眼看的，是屋裡人的眼睛，黑漆漆的冰冷如黑夜的瞳孔。

可是假如屋裡有人，為什麼不開門？

他試著再次敲門，用力敲了很久。仍舊沒有人應門。夜諾心裡一橫，準備一不做二不休，用開鎖技術將眼前的門打開瞧瞧的瞬間。門內，唐突的傳來由遠至近的腳步聲。

這腳步聲太清晰了，清晰的讓他覺得可疑。明明是在屋內的行走而已，踩踏的聲響卻很大，像是故意做出動靜給他聽的。

「誰呀？」隨著一個中年女性聲音傳來，這扇斑駁掉漆的門，咯吱一聲打開了。門裡站著一位接近五十歲的女子，一臉睡意，打著哈欠問。

「您是海安的媽媽？」夜諾臉上瞬間轉變為營業微笑。

「對，你是？」海安的媽媽疑惑的問。

「我是她班上的學習委員，老師讓我將最近的筆記帶給她。」夜諾笑著指了指屋裡：「我可以進去找她嗎？」

「可以可以。」出乎意料的是，伯母爽快的點頭：「海安最近好多了，最多再休息幾天就能去上課。同學，你先進來吧。」

「好咧。」夜諾真走了進去。一邊走，一邊迅速的用手鏈擦擦眼皮。

整個屋子都鋪灑在陽光中，乾淨整潔一塵不染，光粒子讓人愉悅。完全沒有絲毫黑色暗物質的蹤影。這令夜諾很是狐疑。

怎麼海安突然就好了？難道從語蓉身上傳染來的詭異事件，對海安就像大多數感冒般，對於人體而言其實是可以自癒的？

他要瞎了，才會信。

夜諾很奇怪，但是百試不靈的手鏈都用過了，也沒發現端倪。算了不管了，先看看海安再說。

這家人不算富裕，恐怕連小康也算不上。不過主人家很勤快，屋裡的許多小細節都說明了，這家人很努力向上，過的很幸福。

海安的房門被刷成淡淡的粉紅色，還掛了一個不准老爸老媽隨便進去的牌子。她媽將夜諾領到門口，敲敲門。

「海安，同學來找你了。」

「喔，讓他先等等。」海安開開心心的在門內答應著。

屋裡傳來一陣收拾的慌亂，夜諾撓撓頭，女生怎麼都是這個德行。

「好了好了，我來了。」海安笑嘻嘻的將門打開，視線掃過老媽，落在夜諾身上。

海安的照片他早就在張月的手機上看到過了，所以認得。這個女孩樣貌普通，但是青春無敵，穿這一條紅色熱褲，身上一件白色的緊身T恤，顯得很精神。夜諾扣扣鼻翼，正準備表明身分。

但是女孩的下一個動作，讓他不只毛骨悚然，心也沉到谷底。

「啊，是你啊，進來吧。」海安看夜諾，彷彿看到的是一個老熟人，一邊招呼夜諾進房間，一邊攤手：「老師讓你給我的筆記呢？」

夜諾渾身冰冷，呆立在當場。

怎麼回事，這特麼到底是怎麼回事？他的冷汗一滴一滴的順著臉頰往下冒，眼前的女孩詫異的看著他：「怎麼不進來？」

他奶奶的，夜諾哪裡敢進去。他幾乎都快要瘋了！

情況，非常不對勁。

海安根本就不可能認識他，但是女孩看自己的眼神，就真的像是在看老熟人。就猶如夜諾，真的是她班上的學習委員，真的是來為自己帶上課筆記的。

明明，他們倆只是陌生人而已啊。

但是海安的表情，一丁點都沒有作假。那麼作假的是什麼？

夜諾咬緊牙關，朝海安的房間望去。女孩的房間不大，也不算整潔。簡簡單單，牆壁上貼著一些明星的海報，書架上的書也很尋常，就連那張單人小床，也是普通女孩應該有的模樣。玩偶公仔啥的，一個不少。

不對勁兒，果然不對勁兒！

這扇門上，少了些東西。

夜諾靈魂都在發抖。昨晚文惜分明提到過，海安之前待在家裡根本不敢出門，還用膠帶將臥室的一切空隙都封閉起來，就連她過去，海安也死都不願意開門。

可海安的臥室裡，完全沒有膠帶貼過的痕跡，一丁點都沒有。

她的牆壁和門後的牆紙都很廉價，如果真的被貼了膠帶，不可能在扯下膠帶的時候完全不留下印記和傷痕。

眼前的人，真的是海安嗎？

夜諾皺著眉頭，他的記憶不會出錯。正站在房中對自己招手的女孩，確實是海安無疑。笑著的海安，很青春，笑容也極為友好。

但是那笑容在夜諾眼裡，卻在扭曲變形，變得詭異無比。

不能進去，絕對不能進去，一步也不能動。夜諾湧上了一種致命預感，彷彿只要自己踏進那個房間，就永遠也沒辦法逃出來！

「那個，課堂筆記，我就放在地上了。」夜諾強自鎮定，臉上不動聲色。他隨便掏出一個本子，隨手放在近在咫尺的地面。

「進來啊，進來啊。」海安的表情沒有任何變化，仍舊熱情的招呼他走進去。看也沒看地上的記事本。

「進女生寢室，畢竟還是不太好。我先回去了哈。」夜諾不斷向後退。

客廳的伯母手裡端著一盤新切好的水果走過來：「同學，你要走了啊。麻煩你特意來一趟，吃點水果吧。」

「不了不了。」夜諾拚命的用手鏈擦眼睛。

翠綠的玉珠子裡，終於有些許的綠色能量進入了他的眼中。瞬間，眼前的景物就變了。乾淨整潔的房間，變得邋遢不堪。

無數的黑暗粒子飛舞，將射入的日光也遮蓋的烏煙瘴氣。戾氣鋪天蓋地，看得人窒息。最可怕的是，神情和藹的伯母，那臉上的笑也變了。她渾身灰土色，面色猙獰，地上堆滿塵埃，就連她渾身上下，也染上了一層骯髒。

那是血凝固後產生的痕跡。

伯母不知道已經死了多久，就那麼直勾勾用凸出的眼珠子死死盯著他看。夜諾打個冷顫，她手裡的哪裡是什麼水果，分明是內臟。

人類的內臟。

夜諾看著伯母空空的肚腔，笑容完全停止了。這位伯母還真是特別客氣，將自己的內臟都掏出來招待自己了，但是無功不受祿啊喂。

他現在，只想逃。

10 孤獨者和孤島（下）

再看海安的寢室，同樣變了。

房間內女生氣息蕩然無存，海安身上裹滿戾氣，猶如一團黑乎乎的行走污穢。一根黑色的粗繩索掛在女孩的背上。

不，不光是海安，就連伯母的背上也掛著一條黑色繩索。

這對母女猶如行屍走肉，又如提線木偶，一舉一動都被繩索背後那雙無形的手操控著。她們在繩索的操縱中說話，行走，發出陰森的笑。

夜諾一頭冷汗，不由得向後一退再退。妄圖衝過走廊，衝到大門口，拉開大門溜走。但是他的如意算盤沒有打響，正當他跑到客廳的時候，一個黑乎乎的高大身影從寢室裡飄蕩過來。

這身影同樣被黑色繩索附著了，一瘸一瘸的擋住了唯一能夠逃出去的門。

「奶奶的。」夜諾大罵。

三人背後的繩索並不是物質層面的東西，它們穿過牆壁和窗戶，向無窮遠的遠處延伸，但是方向，仍舊是西方。

無論是張月，還是文惜，甚至是海安家裡出現的繩索，全都是朝著西方延伸。或許操縱著這些繩子的詭異東西，就在春城的西方某處躲著。

「手鏈裡的綠色能量能夠打散暗物質能量，不過剩下的不多了。」夜諾低頭看了一眼他的翠玉手鏈。

三顆玉珠中，已經有一顆半黯淡下去。他需要做個決定。假如在這裡用綠色能量將海安一家三口的黑色繩索割斷，他很有可能失去最後的依靠。

「還是想別的辦法吧。」情況還沒有糟糕到要用上保命的玩意兒，至少夜諾是這麼覺得。

他迅速在大腦裡構建四周的地理環境模型，大門走不了，但是窗戶能走。不過這兒是三樓，跳下去以他的身子骨，大概是要進急救室的。

所以否決。

三個提線木偶慢吞吞的，帶著一臉死氣朝他靠近。它們將手抬起，顯然是很熾熱的想要好好招待自己一番。但是用什麼招待，怎麼招待，這就考究了。十有八九，海安的家人會將他掐死，或者掐的半死不死，之後分裂出一根同樣的黑色繩索，將夜諾給勾起來。

對，夜諾現在終於想起來，這些繩索究竟像什麼了。不過哪怕是知道了，又能如何，對現狀毫無幫助。

「孤獨者，孤島。」他嘴裡不斷咀嚼著這幾個詞。

夜諾完全確認，101 號房間內的存在，佈置給自己的任務，確實和眼下的狀況有關。但沒想到，第一扇門的目標就這麼困難。

明明人家玩遊戲，第一個任務也屬於新手難度的，不會把玩家給朝死裡整啊。

「這個家裡，還算有些能夠利用的東西。」在三人的追趕下，夜諾不斷遊走在狹小的空間中，逃的很辛苦。

他不敢和這三具早已死去的屍體有任何接觸，因為未知的因素太多了，他需要儘量的減少變數。

但是他逃跑的路線絕非沒有規律。這傢伙一邊逃一邊用地上的生活物件佈置陷阱，足足逃了十多分鐘。他終於露出了一臉喜色。

「呼，成了！」夜諾笑起來。

整個房間，都變成了陷阱的海洋。看起來平淡無奇的一個桌椅板凳，伯父追趕進去後，引發了連鎖反應，困在內部再也沒辦法動彈。接著猶如骨牌傾倒，牽一髮而動全身。海安和伯母也在他的故意引誘下，先後陷入陷阱中。

三具被黑色繩索操縱的屍體，都失去了行動力。夜諾這才鬆了很大一口氣，朝最接近的伯母走去。

稍微檢查了一番後，他猛地臉色大變。

「怪了，海安的父母，並沒有死亡！這怎麼可能！」夜諾感覺難以理解，但是事實就擺在眼前。

不光是海安的父母，就連海安，也都全活著。可明明他們三人，符合一切屍體的特徵。身上甚至都出現了屍瘢，大部分肌肉也出現了屍僵。

都這樣了，還沒死？難不成這也是黑色繩索搞的鬼？

就在這時，異變突生。原本還在黑色繩子操縱下不斷扭動身軀，試圖想要從陷阱裡掙脫出來的海安三人，猛然間就不再動彈。

黑色繩索傳導過來一陣波動，三人的軀體停止了所有行為，但是大約幾秒鐘後又再次動了。

這次動彈的頻率很古怪，扭曲著身體，蟲子似的，彷彿在尬舞。

「搞什麼鬼！」還沒等夜諾搞明白，在他眼皮子底下，就出現了驚人的一幕。

伯父的右手揮舞著，唐突的就消失乾淨。整根右手臂都沒了，血淋淋的斷口處，有撕裂的痕跡。彷彿被什麼看不見的東西咬了一口！

緊接著，伯父和伯母的身上都出現了咬痕。那些咬痕非常歪斜，不整齊的切口猶如某種巨大怪物的嘴巴。

夜諾眨著眼，手腳冰冷。他感覺房間裡變得越發寒冷異常，就如同真的有什麼可怕的東西，已經來到房間中。

正在獵食被黑色繩索困住的海安三人。

沒多久，伯父伯母的身軀就生生被啃咬掉了三分之二。伯父只剩下頭顱和左手臂還堪堪連著神經組織以及半截骨架，淒慘模樣異常駭人。

黑色繩索一抖，將伯父整個殘缺的身體都往天空上抖了抖。眨眼功夫，伯父剩下的部位也不見了。像是什麼無形之物竄入空中，將他全部吞噬掉。

伯父消失後，黑色繩索瞬間彈回，向西邊天際收回，消失的無影無蹤。

而別一邊，海安母親的身體也被無形怪物吃了個乾淨。她身上的黑色繩索同樣也被收了回去。整個房間裡，只剩下一動也不敢動的夜諾，以及暫時沒有被吃掉的海安。

但是這個半死不活的女孩，也快要遭殃了。

夜諾拚命的用手鏈擦眼皮，但是他仍舊什麼也看不到。完全不知道究竟是什麼鬼東西，在屋子裡襲擊海安三人。

不過危險在逼近，海安的身體抖了抖。黑色繩索操控著她繼續跳舞，像在利用她的血肉軀體，吸引空氣中的無形怪物。

夜諾完全明白了，這根黑色繩索就是一切發生的元兇。它纏繞在人類軀體上，只有這樣，被捆住的人類，才會被無形怪物看到，進而捕食。

這特麼背後到底是什麼在操縱，竟然如此可怕。

不能再等下去。

夜諾一發狠，汛速朝海安衝過去。他能察覺到附近的空氣在流動，流速很快。但是這個房間明明沒有開門和窗戶。那麼流動的空氣也就意味著，無形怪物的運動方向？

「必須要切斷海安身上的黑色繩索。」夜諾再次加速，他身旁的風越發快了。很快就要刮到海安身上。

到時候，神仙也救不了。海安肯定會被無形怪物吃掉。

「滾開！」夜諾不管不顧的拚命一跳，抓著玉珠手鏈，狠狠的朝海安脖子上的黑色繩索揮去。

接觸的一瞬間，半顆珠子內的翠綠能量噴湧而出，瞬間將那充滿戾氣的繩索割斷。本來已經繃緊的繩索切斷的一剎那被扯上天際，空氣裡湧起一股憤怒的暗流，猶如有怪物在無聲的嘶吼。

那是到嘴邊的食物被搶走後的惱羞成怒。

提線木偶般的海安應聲而倒，女孩渾身油膩，不知道多久沒洗澡沒出門了，一靠近就惡臭熏天。她的長髮亂麻似的，面容憔悴至極，而且仍舊昏迷不醒。

夜諾警惕的觀察四周，發現沒有危險，滿屋子的黑色粒子也在消散後，這才又鬆了口氣。打了急救電話，將海安送上救護車後，一股虛弱感湧上來。

他扶著牆站了一會兒，這才穩住心態。

縱然夜諾聰明無比，在接受暗物博物館的考驗時，也曾經算是見過超自然事件的世面了。但是剛才的一幕，仍舊讓他難以接受。

怎麼回事，這特麼究竟是怎麼回事？

他怎麼想都想不明白。

但是有一點他很清楚，從語蓉身上蔓延出來的暗物質能量，非常特殊，是會傳染的。這種戾氣猶如怨靈，毫無理由，沾著就會受到傷害。最終被那黑色的繩索纏上。

語蓉失蹤了，大概率是被黑色繩索拖入了某種無法解釋的空間內。至於為什麼，暫時無法解釋。

但是光只是她留下的一件洗過的內衣罷了，依然感染了海安，張月和文惜。而海安由於回家最早，她攜帶著災厄，一併將自己的父母也感染了。

這種感染的速度，呈現量級躍遷，會以難以想像的速度蔓延。鬼知道現在春城有多少人，早已經籠罩在黑色繩索的死亡威脅中。

不過夜諾還是有些事搞不明白。黑色繩索的目的，到底是什麼？抓著這些繩索的，又會是怎樣的存在？

這個存在，究竟要幹嘛？

一切的一切，都讓夜諾頭痛。他感覺自己跌入了一個裝滿疑惑的罐子中，就快要淹死了。

「我也跟張月三人接觸過，如果不是這條血手給的手鏈，大概早就自身難保了。」夜諾鬱悶道。

手鏈只剩下一顆有翠綠能量的珠子，保命的機會不多了，而且他到現在也沒有搞懂，為什麼借用翠綠能量，有些東西他能看到，而有一些，卻無論如何也看不到。翠綠能量讓他看到人類看不見的事物的標準，到底是怎樣的？

「這一點，一定要找時間搞清楚。」夜諾在救海安的時候，用力過猛，腳踝稍微扭到，他一瘸一瘸的朝外走去。

等到下午時，才回到春城大學。去化驗室拿了文惜送過去的黑色頭髮狀物質的化驗報告後，一看之下，又是大皺眉頭。

快到吃晚飯的時候，他急匆匆的將張月和文惜叫出來。約在森立高中附近的一家還算安靜的小咖啡廳中碰面。

本來兩個女孩是出不來的，但是由於海安被救後住院了，她們終於找到藉口從班主任那裡拿到請假條。

等兩人趕到夜諾所在的咖啡廳時，太陽剛好落山。

夜諾正在看化驗報告，以他的記憶，只要看過一次的東西，就會徹底記住，幾乎不會忘記。但是他仍舊看得很仔細，任何一點小細節也沒有放過。

直到張月兩人到來後，他才將報告放下，輕輕抬起頭。

他的臉色，很不好看！

「來了？」夜諾對兩女指了指對面的沙發：「坐下聊。」

「夜諾，海安是怎麼回事。是你送她去醫院的嗎？」一坐下，張月就迫不及待的發問。

夜諾沉默一下後，將海安家發生的事情，簡要的講述了一次。聽完，兩個女孩都嚇得夠嗆，一臉的難以置信。

哪怕類似的事情也在兩人身上逐漸發生，可是她們哪裡想得到，原來自己的情況還不算最糟糕的。事件，會按照墨菲定律，朝著更可怕的方向沉淪。

「張月，語蓉之前參加的社團，你有調查到什麼嗎？」時間緊迫，夜諾根本沒興趣讓張月和文惜兩個女孩悲花傷月。

張月點點頭：「有一點。」

說著就掏出手機，將自己用了一整天時間在學校裡調查到的情況介紹起來。

「語蓉參加的社團，在學校裡沒什麼名氣，叫做森立高中靈異研究社。不過這所謂的沒有名氣，完全是社長孫吉的障眼法。畢竟咱們學校是私立，除了學習以外的興趣愛好幾乎都是不被允許的，視為下三濫。會受到學校的嚴厲打擊。」

說到這，張月頓了頓。

夜諾摸摸下巴。這個很好理解，私立學校背後是財團，是想要盈利的。如果一所學校想要盈利，就只能挑選和吸引中產階級以上的子女，收高昂的學習費用來就讀。

而能夠吸引中產階級之上的階層，唯有利用中產階級對子女的特有焦慮感來販賣焦慮，並提高每年的綜合高考成績。

最終形成了唯考試分數論的糟糕迴圈中。這到底是好是壞，夜諾無法評判。不過他能猜到，張月接下來的話，肯定有下文。

果不其然，張月又道：「之所以我們從來沒有聽語蓉提起過自己的社團，就是他們的社長怕社團被暴露在學校的視線中，所以非常隱秘。不過在學校裡隱秘，不代表在別的地方也隱秘。其實在春城，甚至在一些直播平臺中，靈異社的社長特意註冊了個叫做春城靈異天團的帳號，用了三年時間，將自己的帳號做的有聲有色。現在也算小有名氣了！」

張月在手機螢幕上調出了靈異社的五個成員的照片，並分別標注了名字。

這五個人中辨識度高的，只有兩人。社長孫吉帶著一架金絲邊的圓框金屬眼鏡，眼鏡是平光的，根本就沒有度數。這證明孫吉沒有近視眼，單純的是為了讓自己戴眼鏡後增添一些知性美。

通常這樣的人，都有些自戀傾向。

而副社長羅琳，典型的黑長直髮美女。文文靜靜，嘴側有一顆恰到好處的黑痣，看上去很舒服。

其餘三人就是語蓉，張佳，袁兵。三人模樣都普普通通，屬於社團裡打醬油湊人數的。袁兵五大三粗，張佳眼睛裡透著一絲狡猾，平時應該是個吊兒郎當的人。

語蓉不算漂亮，也沒啥氣質，很沒存在感。甚至極有可能也沒什麼自我主見。

夜諾只是匆匆掃了照片一眼後，就將這五人的性格特點猜了個七七八八：「這五人，除了語蓉外，都還在學校裡嗎？你有沒有找他們當面問過情況？」

張月苦笑：「沒有？」

夜諾皺了皺眉頭，突然道：「他們四個，是不是也和語蓉一樣，全失蹤了？」

女孩驚呼一聲，詫異道：「你怎麼猜到的？」

「並不難猜，從你臉色上就能讀出來。」夜諾撇撇嘴：「接著講，說仔細點。」說是這麼說，但是夜諾心裡早已經冰冷成了一片。很顯然，語蓉都遭遇不測了，作為靈異天團主力的社長和副社長，大概會更慘。

果然，張月當然調查了孫吉、羅琳、張佳和袁兵四人。但是沒有人知道他們的行蹤，這四個人，都失蹤了。只是學校一直將這件事給壓著，沒有人知道罷了。一如語蓉的失蹤那樣！

私立學校背後的財團，絕對不允許有學生敗壞學校的名聲。畢竟下個月就要出財報，如果接連失蹤了五個學生，可想而知，對學校聲譽的打擊到底會有多大！

「雖然學校對靈異天團五人失蹤的事件能壓就壓，但紙哪裡包的住火。我還是打聽到些小道消息。」張月有些小得意，她算是個活潑的人，人緣也不錯。

「無論是靈異社的社長孫吉，還是羅琳，甚至兩個社員張佳和袁兵，都是在十七天前一個晚上失蹤的。我問一下，那晚的凌晨，語蓉他們的社團正好有活動，說是要去春城探秘某一處都市傳說的所在。也就是說那天，只有語蓉一個人回來，剩下的人沒有再出現過。」

「十七天前？」夜諾皺了皺眉：「那天靈異社去了哪裡？為什麼只有語蓉獨自回來，她知不知道同社團的四人失蹤的消息？」

「這事大概語蓉也不清楚，畢竟學校隱瞞太深了。而且四人是在星期六晚上失蹤的。不屬於學校管轄範圍。」文惜插嘴道：「我依稀記得語蓉之後跟我稍微提到過，說他們的社長真的有一個大發現。那晚還做了什麼神秘的儀式，但是在緊要的關頭，家裡打電話有急事讓她回去。她只好回去了，沒有堅持到最後。」

「所以語蓉是半路離開了，所以才沒有遭到厄運？」夜諾摸著下巴，搖頭道：「不，不對。其實厄運之門已經打開。她不是沒有遭殃，只是延緩了厄運來臨的時間。厄運在那所謂的儀式開始的瞬間，已經噴湧而出，附著在她身上。」

「對了，靈異社十七天前做了什麼儀式，又在哪裡做的，你調查到沒有？」他又問。

「沒頭緒，不過我學校裡一個朋友也對靈異恐怖事件很感興趣，據說她有線索。

說是今晚就將連結發給我。」張月說。

夜諾撇撇嘴：「哪有那麼麻煩，既然他們的靈異社一直都有在開直播，又知道靈異社的名字，直接到網上搜索一下就得了。」

「對！」張月敲敲自己的腦袋，這麼簡單的事情，她怎麼沒想到。

他們三人搜索了幾個直播平臺，很容易就找到春城靈異天團的名字。不過也由於是直播，並沒有保存離線影片。雖然社長孫吉有將自己社團的冒險在直播後製作成 Vlog 的習慣，可統統都是別期的。

最後一期留著空白，只打個預告，說是要揭開春城懸念已久，最大的秘密，屆時會讓所有看直播的人大吃一驚。

預告很有懸念。不過製作預告的人，已經失蹤了，留了一地雞毛，和無數的懸念，還有那能夠操縱人的黑色繩索。

不過畢竟春城靈異天團最後一期直播，還是有上千人看到。這些人有不怕麻煩的，將孫吉最後的直播製作成影片，放在短影片網站。點擊的人並不多，看來孫吉所謂的要揭開春城的大秘密，也遠遠沒有他想像中那麼火爆。

夜諾將他最後的直播點開，畫面一轉，就落入一條黑漆漆的街道上。街道對面，有一座高高的高架橋。

高架橋在黑暗中異常詭異，彷彿有一雙眼睛，正在暗暗的偷窺孫吉，甚至所有正在看直播和影片的人。

剛看了沒多久，夜諾就豁然站起來。

不對勁兒，這，太不科學了！

11 繩索後的存在

春城靈異天團在十七天前，想要揭開的秘密，居然是春城的龍柱之謎。這是夜諾完完全全沒有想到的。

他非常意外。

春城龍柱在春城很出名，但就是因為它太出名了，反而失去了神秘的色彩。可靈異天團的社長孫吉出乎想像，貌似真的找到深深隱藏在龍柱下的秘密。

看了一會兒，夜諾就毛骨悚然起來。無論是孫吉口述的，老僧人對龍柱的法事；以及那張老照片；甚至龍柱明明在雕刻的時候沒有開眼，但一豎立後，龍眼就睜開的詭異現象，都真是詭異無比。

夜諾能判斷，孫吉沒有一句話是假的。他的照片是真的，他挖掘出來的龍柱之謎，也是真的。因為對於這根龍柱，夜諾自己也曾經聽聞過，不過興趣不大。當初他以為眾多傳說不過是以訛傳訛罷了，沒想到，事情的真相，遠遠比想像中更加令人震撼。

影片裡，社長孫吉在昏暗的路燈中，帶著社員一步一步的朝龍柱靠近。午夜時分，只有風穿過橋洞，傳來了猶如厲鬼嗚咽的負氣壓嘶吼，聽的人不寒而慄。

當孫吉來到龍柱正下方時，平常這根屹立了幾十年，在春蘭高架最中央位置，支撐著整座高架橋核心重量的龍柱，顯得更是龐大。

雕刻的活靈活現的龍盤在柱子上，頭高高的揚起。但是那一對眼珠子，卻分明在陰森的死死盯著他們五人看。

五個人同時打個寒顫。明明只是一隻雕刻出來的龍罷了，但是壓迫感太強了。

孫吉掏出一本泛黃的古書，說道：「看直播的老鐵們，你們準備好了沒有。馬上就要到揭曉最終秘密的重要時刻了，我也不求大家打賞點讚，感興趣的請呼朋喚友關注我們社團就好。」

他低頭看了古書幾眼，顯然這本古書，已經被他看過無數次，爛熟於心。

「我們要先繞著龍柱走九圈，一圈不多也一圈不少。」孫吉雖然在用手機直播，但是他這個人很賊，不讓書中的內容，甚至書的名字展現在攝影機下。

不知是為了增加神秘感，還是書裡有些內容，確實不宜曝光。

五個人繞著龍柱走了九圈後，這才在龍頭的正下方停下來。

接著孫吉從帶來的一個碩大的背包中，掏出了好幾樣東西。

「這是糯米，這是我從附近的石龍寺裡重金求來的符咒。香蠟紙錢也不能少，鐺鐺鐺，重頭戲要來了。」

孫吉一邊對著鏡頭介紹，一邊掏出了一隻頂冠通紅，被五花大綁著的小公雞。這隻小公雞還活著，大約只有幾個月大小。重量也才兩斤左右。雞頭警惕又恐懼的環顧著四周，但無論是靈異社的人，還是看直播的上千人，幾乎沒有人注意到。

當雞乍一出現，慌亂的視線落在那只石龍身上時。

雞瘋狂的掙扎起來，彷彿感覺到某種極為恐怖的預兆。

但是它被捆的實在是太結實了，根本無法掙脫束縛。就連雞嘴巴，也被孫吉用透明膠帶給纏了好幾圈。

不過雞的異動，夜諾切切實實看在眼睛裡。

據說動物的眼睛，能夠看到人類看不到的東西。例如禽類，雙眼就能直接看到紫外線，以及人眼看不到的光線波長。

夜諾皺了皺眉，這隻雞，當時到底看到了啥。竟然嚇得大小便都失禁了。能讓雞恐懼成這副模樣，估計龍柱裡隱藏的秘密，絕對不是啥好東西。

包裹在金箔中的龍柱，哪怕是經歷了幾十年的風吹雨淋，仍舊嶄新。龍柱下的五個人，以及看直播的觀眾，都很興奮。

很久沒有見到這麼接地氣的直播了。而且社長孫吉，確實對氣氛把握的很好。

他讓人找了幾塊鵝卵石，重疊起來，堆成了一座三十公分高的塔，將貢品按照書裡的程序放上去。

先是抓起一把糯米，嘴裡念念有詞，手漏斗似的，糯米從指縫裡緩緩的繞著地上的石塔圍了一圈。

然後他將恐懼的不得了的小公雞抓起來，扯住它的脖子。

孫吉也是第一次殺雞，他雖然冷靜，但是這輩子除了初中生物課上殺過青蛙做膝跳反射試驗外，就真的只踩死過螞蟻了。殺雞的時候，他的手在不停發抖。

用水果刀割雞脖子，割了好幾次，都沒割破皮。小公雞又痛又害怕，掙扎的更加厲害了。站在他身後的副社長羅琳看不下去。

「我來吧。」她微微一把攬過黑長髮絲紮成馬尾，俐落的走過去搶過孫吉的水果刀。

手起刀落，熟練穩定的纖纖細手，竟然將雞脖子直接切斷。

語蓉，張佳和袁兵嚇得渾身都抖一下。這特麼啥情況，平時副社長溫溫柔柔的，沒想到殺雞那麼毫不猶豫。比男生都狠。

袁兵用手肘戳了戳張佳：「喂，你的女神有點不好惹啊。」

張佳臉一紅：「證明女神就是女神，不止外表美麗，就連內在也很優秀。人家肯定家教好，沒少幫家裡做家務。」

「我看你是被副社長迷魂了，退一萬步你能追到她，就祈禱吧。別甩人家哦，當心某個重要部位被手起刀落，唄嗤掉。」袁兵哈哈偷笑。

張佳瞪了袁兵一眼，又看著副社長。羅琳紮著馬尾的模樣也很好看，越看越讓他入迷。不過人家副社長除了對他展露出過營業笑容外，似乎完全沒有將他看在眼裡。

「今晚我要加油表現，說不定能讓副社長刮目相看。嘿嘿。」張佳暗暗握緊拳頭。

雞被殺後，似乎高架橋下有哪裡產生了變化。一切，都開始朝著不對勁兒的方向行進。

也不知道是不是錯覺，雞脖子裡噴湧出來的血，竟然是黑的。黑的發稠，看得人很不舒服。一滴滴的雞血落在地上，形成一條血線，污穢了一大片地面。

孫吉連忙小跑著將雞血滴到早已準備好的碗中，接了一小碗。碗裡的液體像是膿，發出怪異的氣味。

「怪了，這雞血的味道，和我記憶裡的不一樣啊。」語蓉皺皺眉頭。她老媽為了省錢，以前經常買活雞回來自己殺。記憶中雞血的味道很清淡，沒有這麼重。明明是才宰殺的雞，怎有這麼濃的血臭？

「難不成我記錯了？」女孩沒有仔細想下去。

孫吉端著碗，繞著龍柱灑了一圈雞血後，這才走回石塔前。他看著石塔下的一圈白森森的糯米，不由得皺了皺眉頭。

「嗯？怎麼和書上說的對不上？」社長翻起了書。

冰冷的夜，高架橋下本來就不高的溫度，陡然又降了好幾度。三個社員冷的一邊打寒顫，一邊抱怨。

副社長羅琳湊到社長旁，越過他的肩膀看他手裡的書：「社長，你是不是哪裡做錯了？」

「儀式沒錯啊。」孫吉轉頭檢查一下。

糯米圈沒問題，雞血也灑了。如果沒有產生變化，儀式的下一步也沒有任何意義了。怪了，哪裡出了問題？

就在這時，散漫無聊的張佳突然見了鬼似的，大喊一聲：「社長，副社長，你看，你看糯米！」

眾人連忙在他的大呼小叫中望過去，赫然發現，剛剛還白白的那圈糯米，竟然不知道什麼時候變了顏色。

變，黑了！

污穢般的黑，透著不祥的壓抑。

「哇，見鬼了。」眾人都嚇了一大跳。本來就是來追副社長混日子的男生們哪裡見過這種詭異場面，甚至嚇得往後退了好幾步。

「走開，我來看看。」社長孫吉大喜，他按捺住內心的恐懼，三步兩步走上前。蹲下身，從地上撿了幾粒發黑的糯米看看。

一湊近，就能聞到驚人的噁心臭味。糯米本身的甜香消失的無影無蹤，取而代之的是屍體腐爛的氣息。嗆得孫吉乾咳了好幾聲。

「太好了，和書上說的一樣。只要在午夜時分殺雞祭拜石龍，地下的瘴氣就會升起。糯米碰到瘴氣便變臭變黑，這就是第一步成功的證據。」孫吉哈哈大笑，忙不失措的在石塔前，點燃香蠟紙錢祭拜。

「所有人跟我去圍著龍柱，我們就要成功了。」社長扶扶眼鏡，抽出一張濕紙巾擦擦手後下令。

五人手牽手，圍著龍柱轉起了圈。期間孫吉一直不停的在嘴裡咕噥著什麼，聲音很小，像是某種咒語，但是沒有人能聽得清楚。

就在轉第五圈時，驚人的一幕出現了。

用鵝卵石堆起來的石塔頂端，湧出大量黑色油脂物。油膩的如同堵塞下水道的骯髒油脂。

「好多。」孫吉吃了一驚。

「社長，這些黑色物質，到底是什麼？」語蓉又驚又怕。今晚實在是太怪異了，以前靈異社也經常半夜出來找都市怪談，但從來沒有像今天這麼可怕的，她有點想打退堂鼓。

想離開的不止她，就連張佳和袁兵也怕了。他們互相對視幾眼，袁兵低聲咕噥：「張佳，咱們社長是不是瘋了。有點不對勁兒啊，你看他的臉，十足的電影裡要領便當的負面角色。」

「副社長還是很淡定的。不怕不怕，人家女孩子都沒怕。你袁兵五大三粗的，一張驅鬼臉，怕個球。」張佳說是這麼說，可他已經很想回家了，就是面子上過不去，怕自己喜歡的女神嘲笑自己。

石塔上污穢的油脂越過了下方地面的糯米圈，糯米彷彿融化了似的，冒出白煙，發出吡吡的刺耳響聲。

怎麼看怎麼聽，都像是有問題啊。

手機螢幕上，正在看直播的觀眾一串串的彈幕彈過去。都在誇獎春城靈異天團的直播別出心裁捨得下血本，連電影裡用上的道具都拿來了，效果驚人。甚至有人開始刷了一波打賞。

靈異社的語蓉看了一眼自己手機上的直播畫面，她苦笑連連。天地良心，自己一行人什麼假都沒有做，眼前發生的一切都是貨真價實的靈異現象。

不過，顯然不會有人相信。

突然，語蓉的電話響起來。是老媽的電話，老媽發現她大半夜從家裡溜出去，一接電話就對她破口大罵。

但是這一刻，語蓉只感覺老媽罵她的聲音無比親切。明知道回去肯定要被懲罰一頓，可她顧不上了，她跟社長說，自己家裡有急事要回去。

社長不置可否，沒讓她走，也沒說要她留下來。

語蓉倒也乾脆，這個沒什麼主見的女孩在此時此刻，第一次鼓起勇氣。她本能的察覺到龍柱附近的氣氛，越發糟糕。那滲透入脊髓的陰森冷意，絕對不是春城夏天應該有的。

她甩開社長孫吉的手，逃也似的離開了。留下一臉羨慕的張佳和袁兵。兩個大男生自然不好意思說自己怕了也要離開，只能跟著社長一起轉圈圈。

就在語蓉離開後的兩分鐘不到的時間內，剩下的四個人將九圈轉完了。

猛然間，龍柱上的龍，猶如動彈一下似的。它兩隻鋒利的爪子向上揚了揚。正好看到的張佳嚇得哆嗦一下，渾身寒毛都豎起來。

特麼，這是眼花了？

他用力揉了揉眼睛。

之後，四個人，同時發出一聲刺耳的尖叫。慌亂的叫聲戛然而止，直播也在這個時候，徹底凝固了。

除了中途離開的語蓉外，張佳，袁兵，孫吉和羅琳，就此在那個陰冷的午夜，消失在所有人的世界中。

看完影片的夜諾三人，猛地打個寒顫。

「這，這就完了？」張月用顫抖的聲音說。

夜諾深深皺眉，指頭不斷的點在桌面上。他在思考，大量亂麻般的線索，因為這個影片，似乎有許多地方，已經能被連接起來，稍微理順了些。

文惜一眨不眨的看著定格在黑暗中的影片末端，捋了捋髮絲：「果然，語蓉和她參加的社團，就是一切的根源。他們到底搞了什麼儀式，將龍柱下的什麼東西放出來？難道龍柱下真的跟爺爺奶奶輩流傳的那樣，鎮壓著一條真正的龍嗎？」

「龍我不知道有沒有，假如真的有，也不可能在春城高架下方。靈異社放出來的，絕對不是祥瑞的生物。」夜諾搖搖頭，緩緩道：「畢竟太多地方，有跡可循了。」

他掏出文惜從床上找到的黑色髮絲物質的化驗單，說：「看看這個。」

張月和文惜兩人湊過去，看了看單子上的一系列資料，有些懵。這兩個人只是高三生而已，所學的化學知識，根本不足以判斷資料背後隱藏的真相。

「看不懂。」兩人抬頭看向夜諾的臉。

夜諾淡淡道：「這些黑色物質，主要成分是聚酯、棉，以及糯米稀釋物添加劑，以及少量銅和鐵。」

「所以這不是頭髮？」張月和文惜倒吸一口涼氣，頭髮裡不可能有聚酯和棉這兩種東西。

「不錯，這確實不是頭髮。張月跟我講的事情中，她看到的那些追著她跑的黑色髮絲，也統統不是頭髮。那物質，大概和死追著你們不放，不斷的凝結在你們脖子上的黑色繩索，是同一種物質。」

「但那個手機螢幕中，以及我家的鏡子裡出現的女人又是怎麼回事？」張月問：「她明明頂著一堆頭髮。」

「你確定，那對頭髮般的東西，是頭髮？你確定是在她腦袋上頂著？」夜諾直視她。

女孩回憶了片刻，苦笑：「不，不確定。」

「我個人認為，或許是那女人身上的黑色繩索被控制繩索的存在鬆開了，所以堆積在女子的身上。至於她的身分，暫時存疑。不過我猜，極有可能是靈異社中消失的四人中的其中一個。」夜諾說。

文惜辯解道：「這說不通，畢竟語蓉參加靈異社一年多了，怎麼可能連自己同社團的人也認不出來。何況，靈異社裡，除了她，就只有副社長羅琳是女孩了。我們剛剛看過了羅琳的長相，不可能是她，樣貌特徵完全不同。」

「人的體貌特徵，在很多時候是會變的。化妝沒化妝，胖瘦不同，就會完全不同。何況，人眼本就不可靠。」夜諾沒見過文惜和張月手機裡以及鏡子中出現過的那個詭異女子，自然無法評斷。

但他還是覺得，任何東西都有因果關係。除了靈異社失蹤的四人外，沒道理會又冒出一個陌生女子，找語蓉索命，而且還感染了同寢室的張月以及海安、文惜。

「總而言之，根據化驗。那些髮絲，其實就是那看不見的黑色繩索具象化後，剝離出來的殘段。至於繩索，它是某種主體由尼龍構成，被黑色糯米染色的東西，類似的東西，現代社會，幾乎已經沒有了。」

「不過尼龍發明於一九三八年左右，一九四〇年才傳入國內。當時是稀有物，現在老式尼龍的分子鏈結構，早就發生變化。類似這種繩索的尼龍，應該在四十年前就已經淘汰了。」

文惜還算聰明，準確抓住了夜諾話中的意思。她想到什麼，全身發冷：「四十多年前，不正是春蘭高架修建的時間嗎？」

「不錯，當初春蘭高架架設時，用的正是這種尼龍繩。」夜諾點頭。

張月和文惜大驚：「果然還是和春蘭高架有關。被鎮壓在龍柱下的存在，難道還會使用繩索不成？」

「不止會用繩索，那個被靈異社偶然放出來的存在，甚至還有智慧。你以為它用黑色繩索在幹嘛？」夜諾冷哼一聲。

「繩索是以怎樣的形式，凝結成普通人看不到的狀態的？它為什麼要用繩索，捆住你們的脖子？從海安身上就能看出，被繩索捆住的人，並不會死亡。哪怕身體狀況已經糟糕至極，生命也依然凝固了似的，吊著最後一口氣。被繩索套住的人，最終似乎會被拖入某種空間裂縫中。」

「所以，那個存在為什麼要用繩索把人丟進去，它想要幹嘛？一切的一切，你們不覺得和人類的一種普遍愛好，很相似嗎？」

兩個女孩被夜諾一連串的發問弄得大腦混亂，好不容易才說：「你說它和人類有同樣的愛好，什麼愛好？」

「釣魚！」夜諾重重的吐出了兩個字。

「釣魚！怎麼可能！」張月和文惜同時驚呼，這世界上的生物，明明只有人類才會為了愛好而釣魚。可靈異社偶然放出來的存在，也會釣魚？這，怎麼可能。

「不，等等，或許它是真的在釣魚。」文惜她全身抖的厲害，就連語氣也在抖個不停。女孩用力的捏自己的大腿，來讓自己迅速冷靜下來：「人類釣魚，需要用透明的魚線。而黑色繩索，普通人是看不見的。人類釣魚，要用魚餌，最好是活著的蚯蚓。而我們，不正是魚餌嗎？被一雙無形的手抓住，被掛在魚線上，垂死拚命的掙扎，吸引著魚上鉤。」

「我們都是魚餌，那抓住魚線另一端的存在，究竟想要釣起來什麼？」張月沉默一下，沉重的問。

夜諾搖頭：「我也不清楚。不過我去海安家時，就見到過驚人的一幕。海安的父母同樣被當成了餌料，就在我眼皮子底下被活活的吃掉了。」

「什麼吃掉了他們？」兩個女孩震驚問。

「我看不到。」夜諾說：「不過我猜，吃掉海安父母的東西，並不是那個存在想要釣的。畢竟，它自始至終，都沒有收線。」

事情的發展越來越撲朔迷離了，明明有了更多的線索，但是夜諾卻感覺心裡更加沉重。眼前的黑霧剝不開，越想看透，越濃。

自己入手暗物博物館的第一個任務，沒想到竟然如此難，前進堪憂啊。畢竟那個怪異的博物館，可是有六層樓，六十多扇門。

不！或許，也沒有想像中那麼難。

夜諾突然想到什麼。博物館的 101 號門上，不是早就給過任務提示了嗎？

——春城潛伏著致命危機。在這個孤獨的城市裡，所有的孤獨者都會躲在孤島上，否則無法倖免。

釣魚需要水域，需要魚餌。如果那個存在挑選魚餌的方式，並不是毫無條件的話。那麼孤獨者，必然就是它喜歡的魚餌。至於孤獨者是不是指代某種意識層面的東西，還需要做一番統計。

而水域，對應的就是孤島。什麼是孤島？任務中說，孤獨者要躲在孤島上才能倖免。凸出於水面以上的地方，就是島嶼。島嶼上自然不會有魚，但矛盾的是，魚餌卻通常會在陸地上找。

所以這孤島，應該說的是某一處安全的所在。哪怕是魚餌，只要上了孤島，也會是安全的，不會再被當做魚餌扔入水中。

孤島，到底在哪裡？

夜諾揉了揉太陽穴，哪怕聰明如他，也有些大腦發痛了。

12 巨大的存在

真相到底是什麼，令人費解。

這就一如大多數的人生一般。剛開始總以為生活是數學題，雖然難，但一定會有清晰的答案。然而年齡大了，特麼才明白，生活明明就是文綜題，咋說都有道理，沒答案，還得繞來繞去。

咖啡館裡，夜諾，文惜和張月三個人相互陷入了沉默當中。資訊需要消化，但是兩個女孩顯然吸收量太小，開始消化不良了。

夜諾摸著額頭，想來想去，最後一咬牙：「咱們分頭繼續調查。張月，文惜，你們回學校，看能不能偷偷摸進靈異社的社團活動室，找點有用的線索。而我，查查黑色繩索的來源，以及春蘭高架橋的資料。明晚六點在這個地方匯合，到時候，我們一起去那根龍柱下探探。」

「可是那繩索，每天都纏著我們。或許我們根本等不到明晚。」張月苦笑，她感覺自己又開始窒息了。那根看不見的繩索，陰魂不散，隔了一天後大概已經在她的脖子上成型。

「沒關係，你們把頭湊過來。」夜諾淡淡道。他用玉珠手鏈猛地一抹眼皮，頓然看到兩條明顯的黑色繩索，果不其然已經出現在兩個女孩纖細的脖頸上。

他抬頭，在張月和文惜的脖子上一摸。

兩個女孩頓時感到一股涼意襲來，整個身體都輕鬆了許多。那窒息的難受也戛然而止，消失的無影無蹤。

文惜再次被驚訝了：「夜諾先生，你果然有超能力。」

「這不是超能力。不過是借用外物罷了。」夜諾撇撇嘴，他神色不妙的看著最後一顆玉珠。珠子上的翠綠，又變淡了些。

這串玉珠，也撐不了多久了。

「散了吧。」他一拍桌子，率先站起來。就在這時，電話唐突響起來。

夜諾皺眉：「醫院打來的？」

春城第三醫院打來的電話。昨天由於是夜諾叫的救護車，而且海安的父母也被那些看不見的怪物吞食，在警方眼裡變成了失蹤人口。所以醫院留了夜諾的電話當做海安的緊急聯絡人。

這個時候，醫院打電話來幹嘛？怎麼想，都不是好事。

「難道海安出事了？」張月和文情同時緊張起來。

夜諾將電話接通，聽了一陣之後，臉色更加難看起來：「情況不妙，海安失蹤了。」

「怎麼會，她明明在醫院裡昏迷不醒啊。平白無故如何失蹤？」兩個女孩渾身一抖，嚇得不輕。

「去看看再說。」夜諾沒猶豫，趕緊用手機叫了一輛車，朝醫院趕去。

幸好離得不遠，車只開了十多分鐘就到。就連員警都還沒有趕到。三人一語不發，急忙衝入海安原本住的急救病房。

夜諾找到海安的時候，她雖然看似虛弱，但是能自主呼吸，不過卻醒不過來。所以醫院並沒有將她收入 ICU 中，只是放入離護理站最近的急救病房輸營養液，監控病情。

急救病房在十一樓，窗戶全部為了防止患者自殺而用鐵柵欄加固，只能開啟一個小縫隙，出了門就是護理站。假如海安真的是從門口離開的，不可能沒人看到。甚至護士發現海安不見後，還特意調了監控。

自始至終，監控裡都沒有出現過海安的身影。按理說，她應該還在急救病房中。

但是急救病房裡卻沒有人。在這個幾乎是密室的房間中，一個昏迷不醒的虛弱女孩，竟然就如此人間蒸發了。

這讓所有人都難以理解。

夜諾檢查病房，視線一直落在病床上。

「夜諾先生，海安能去哪裡？」張月害怕的問。

「她，恐怕哪裡都沒有去。」夜諾歎了口氣。

「什麼意思？」文惜問：「你是說，她還躲在急救病房中？」

「對。」夜諾點頭：「甚至，作為魚餌的她，一直都沒有動過。還躺在病床上。」

「可病房裡明明沒有人。」張月環顧四周。

急救病房很小，只有兩張床位，除了海安的病號牌還貼在左側的病床外，就沒有剩下女孩存在過的任何痕跡。

「病房裡確實沒有人，但同時，海安也沒有離開。你們不覺得奇怪嗎？」夜諾心在發冷：「看看她躺過的床，被子呈現蓋過人的模樣，沒有被掀開過。可是被子中，完全沒有海安的殘留物。」

一個人在一張床上躺了二十多個小時，不可能完全沒有殘留物，哪怕她在這二十多小時中，沒有動彈過。可是人類的新陳代謝，依然在正常的進行。

海安是長髮，她的頭髮每天都會自動斷幾根，附著在枕頭上。她身體的皮屑會紛紛掉落，遺留在床單被罩上。

但是夜諾將被子掀開後，床上，任何屬於海安的殘留，都一概沒有。一個人離開了，失蹤了，只會是她這個人失蹤而已。她的痕跡，不可能無安全消失。

但是海安的失蹤，實在是太詭異了。她帶著自己這二十多個小時的生活殘留，全部消失乾淨，什麼都沒有剩。

這，可能嗎？

絕對不可能！

兩個女孩也驚訝無比，她們按照夜諾的說法找了找，真的沒有找到任何屬於海安的東西。但是最怪異的是，消失的海安，真的只是她自己消失了。她的衣物還留在病房中，甚至被子下邊，還有空空蕩蕩的曾經穿在她身上的，病人服。

張月和文惜打個冷噤，嚇的不知道該怎麼辦才好。

「這是怎麼回事？」文惜喃喃自語道。

「硬要說的話，我猜，海安已經徹徹底底變成了魚餌。」夜諾將眼神從病床上移開，看向了窗外。

窗外已經完全入夜，醫院裡燈火暗淡，包裹著夜色，讓整個春城都陷入一股壓抑的神秘當中。

夜底下，深深埋藏這罪惡。那個被森立高中靈異社不小心放出來的可怕存在，到底想要用人類，將什麼釣起來？

那個存在，究竟是個什麼東西！

「被鎮壓在龍柱下的存在，用繩索勾住海安，將她甩入了不屬於人類的空間當中。早些時候同樣一起被甩入的，語蓉應該也算一個。」夜諾道：「所以在我們正常人眼中，海安失蹤了，消失不見。她的所有痕跡，也沒有了。」

「那安安，已經死了？」張月用力拽住了夜諾的胳膊。

「魚餌要被吃掉，才會死掉。或許，她還沒有被吃掉呢？」夜諾說。

文惜心臟怦怦亂跳個不停，開口道：「對。記得語蓉失蹤幾天後，我們做的那個夢嗎？她似乎陷入了一個慘白的學校裡，那個學校和咱們的學校一模一樣，只是猶如末日般可怕。或許海安也被拖入了那個空間中，逃著躲著，暫時還活著。至少，語蓉不是活了好幾天嗎？現在也不一定死了。」

「就算沒有死，被拽入那個空間後，也逃不掉啊。」張月有些絕望：「我們倆，會不會也會突然被拽進去？」

「應該不會吧，不是有驅散那黑色繩索的能力嗎？」文惜透過眼睛鏡片，充滿希望的看夜諾。

夜諾苦笑：「抱歉，我救不了你們幾次。」

手鏈上的最後一顆玉珠子，夜諾計算一下。裡邊的翠綠能量，大概還能讓他看到二十次暗物質能量，至於驅散沒成型的黑色繩索，最多只有四次機會罷了。

按照黑繩繩索的成型速度，頂多只能堅持六天而已。可夜諾不可能將所有珍貴的翠綠能量，都用來救兩個女孩。畢竟六天後怎麼辦，束手無策的三人，眼睜睜看著自己被黑色繩索捆住，失去意識，拉入黑暗世界嗎？

聽完夜諾的解釋，文惜也絕望起來。

「別想那麼多，六天時間足夠了。」夜諾拍了拍兩個女孩的肩膀：「按照原計劃，你們先回學校調查靈異社的活動室。我繼續調查高架橋的龍柱，以及曾經生產過那些黑色繩索的工廠。不管成不成，我們明晚六點都在這裡碰頭。」

張月問：「明晚，我們要一起去龍柱看看嗎？」

「對。既然那裡是始發點，去看看總不會錯。」夜諾說完後，三人從醫院各自散去。

他看著女孩坐車走遠，這才去了城市圖書館。春城有三家圖書館，其中一家私人圖書館擁有大量本地藏書、雜誌和報紙，而且二十四小時通宵營業。

夜諾準備去那兒先找找線索。

圖書館的館長是個七十多歲的老頭，叫周老。夜諾和他挺熟的，這老頭每天都在圖書館中數日子，沒見他走出去過。

「老頭，我來了。」夜諾進去的時候，看到周老在望著借閱台對面的時鐘發呆。

「夜小子，你老長時間沒來過了。」周老嘿嘿笑了兩聲，眼神沒有從時鐘上移開過。

夜諾疑惑道：「老頭，你在看啥？」

「小子，你不是自稱天下最聰明的人嗎？你猜猜？」周老齜著牙，對鐘努努嘴。

「我只知道你沒在看時間。」夜諾哼了一聲：「何況我只是智商高，不會讀心術。老頭你讓我猜主觀層面的東西，怎麼可能猜得出來。」

「我就覺得，最近一段時間，鐘的指針好像快了。」周老歎口氣：「臭小子，你怎麼有空來我這兒？」

「我來找些資料。」夜諾倒也沒客氣：「老頭，你家裡有沒有關於春蘭高架的，把它的所有資料都拿給我看看。」

「春蘭高架？」周老皺皺眉：「你看它的資料幹嘛，難不成你對龍柱也有興趣？」

夜諾看向他：「果然一說春蘭高架，老成都人想到的都是龍柱。」

「肯定啊，春蘭高架這麼沒有特色，要說特殊的地方，肯定是那根鎏金的龍柱了。這麼多年過去了，許多手頭緊的年輕小夥和城裡的流浪漢，一缺錢就跑去龍柱上亂刮。妄圖想刮點金子下來賣。但要說這龍柱也怪，被刮過五十次，真沒有人將柱子上的金箔給刮下來過。而且有傳言說，只要去龍柱上刮金箔，肯定會遇到厄運。甚至幾十年來，真的有幾個人因為刮了金箔，慘死在附近咧。」

周老頭咳嗽幾聲，跑到資料室拿了一大堆不外借的塑封報紙和雜誌出來，堆在夜諾跟前。這些報紙有些年頭了，都是曾經記載過春蘭高架相關消息的期號。

夜諾認認真真的看起來，他看的速度非常快。雖然只是一張報紙掃了一眼，可所有的資訊都記在大腦中。

這神乎其技的記憶能力，周老已經見怪不驚了。他見夜諾看得出神，不由得警告道：「臭小子，雖然說那根龍柱春城本地人有許多說法，可根據我老頭子的記憶，剛開始修建好春蘭高架的時候，那上邊可是災禍不斷啊。龍柱下邊不管有沒有鎮壓東西，那鬼地方，絕對都不是啥吉祥所在。好奇心害死貓，你不要亂找東西，畢竟命只有一條。」

「對，命確實只有一條。」夜諾抬頭，他幾乎已經將能夠找到的資料全部看完了。對著老頭嘻嘻一笑：「周老頭，你圖書館裡的鐘不是變快了。而是你的年齡太大了。根據不可測定律，一個人年紀越小，時間的尺度越慢，他的生物鐘也越慢。但是臨近入土的年齡，人就會感到時間像飛一般的轉個不停。」

「滾，別跟我講大道理。你小子在咒我快要死了，對吧？」周老頭笑罵道。

「不，我沒有咒你。」夜諾擺擺手，認真的說：「你從來不踏出圖書館一步，確實是對的。最近十天，千萬不要離開這個位置。」

說著，夜諾找來一根粉筆，在借閱台周圍畫了老大一個圈。

周老頭的臉色變了：「夜小子，你看到什麼？不應該啊，你不可能看的到那鬼東西。老子我這麼多年了，都和它在戰鬥。我也從來沒有見到過它的真正模樣。」

這番沒頭沒腦的話，夜諾卻是聽懂了。他什麼都沒解釋，邁步向外走去。剛剛在拿書的時候，夜諾不小心用手鏈擦了眼睛。

他內心頓時無比驚訝。因為夜諾赫然看到，周老頭身上竟然纏著密密麻麻的鐵鎖鏈。這些鎖鏈一根根像是昂起頭的蛇，就在鎖鏈的不遠處，有許多舉著爪子的人影，黑乎乎影子正瞪大恨意的雙眼，一眨不眨的看著他。

那些黑影，已經快要走到離周老頭近在咫尺的位置。但是鐵鎖鏈似乎阻止黑影靠近，不過鎖鏈已經支撐不了多久了。

夜諾只得隨手畫了一條線，那條線中他利用了手鏈中些微的翠綠能量，猶如楚河漢界般，將老頭和黑影暫時隔開。

那些黑影的戾氣並不強大，翠綠能量能夠保他十天。

這是夜諾唯一能夠替他做的事情，畢竟周老頭和自己雖然經常互相罵來罵去，其實感情挺好，像是忘年交。

「老頭年輕時，大概也有自己的故事。不過他的故事，和我的任務完全沒有關係。等我搞定了那個用人類當餌釣魚的存在，打開了101室的門後，再來幫他。」夜諾走了很遠後，回頭一看。

圖書館的門大開著，周老頭仍舊望著他的背影，臉上的震驚依舊。顯然是對夜諾的神秘手段，驚訝無比。因為老頭確確實實感覺到，當夜諾一個圈劃出後，他渾身的沉重，那些在自己身旁纏著自己幾十年都沒辦法驅除的無形之物，就如同真消失了似的。

「被活活拽下黃泉的時間，托那臭小子的福，又能拖延一段時日了。」老頭內心有些感激。

夜諾遠遠對周老頭點點頭，就在這時，他彷彿看到某種完全出乎意料的東西。他的眼神突然就凝固了。

一股冰冷刺骨的涼意，襲上全身的每一個細胞。

夜諾用力將手鏈在眼皮上一抹，之後毫不猶豫，轉身就拚命的逃！見鬼，他看到什麼？太不可思議了。夜諾一邊跑，一邊後背發涼。身後幾百公尺處，一棟九層樓高的建築物後邊，出現了巨大的黑色虛影。這個虛影看不出來究竟是啥玩意兒，就那麼一大坨聳立著。

以夜諾的記憶力，清楚知道那絕對不是啥樓房。樓房沒有如此不對稱的模樣，更何況，這黑影高達十層樓高，足足有三十多公尺。龐大的體型沒有腳，但是卻有六隻類似爪子般的東西。

這六隻爪子，每一隻手中都握著大量的黑色繩索。

你奶奶的，夜諾找了半天繩索盡頭的存在，沒想到自己還沒有找上門去，那個東西就自己找上門來了。而且非常明顯，那東西，絕對是來找自己的。

因為龐大的黑影右邊的第一隻爪子，已經在他身後揮動其中一條繩索，眼看是想要將繩索扔過來，把他給套住。

夜諾在大路上跑成了S形，他的體力本來也就和普通人差不多，在那存在眼中，速度似乎和蝸牛差不多。

巨大黑影將繩索扔出去。普通人看不到的黑色繩子像是一條蛇，扭扭曲曲的在空中以完全違背物理定律的方式朝夜諾套過來。

夜諾連忙在地上滾了幾圈躲過。

黑色繩索在空中劃過一條曲線，透入了對面的牆壁裡。繩索大概基於某種空間原理，幾乎不會和物質世界有交集。所以它很快就被巨大的存在拖回來，繼續朝夜諾套過去。

夜諾狼狽的跳入一個小巷子。

巨大黑影緩慢移動著，手中的繩索陰魂不散，始終追著他不放。

「老子能罵髒話嗎。」夜諾躲得很辛苦，那根繩索非常致命。幸好那黑影似乎只有最基本的智慧和本能，並沒有計算到自己能看得到它以及繩索來臨的方位。

不過這傢伙甩繩索的速度越來越快，再過些許時間，大概自己就躲不開了。如果被黑色繩索套住，用膝蓋想都知道不是什麼好事。十有八九，立刻就會被拖入某個空間裂縫裡，被當做魚餌給消化掉。

夜諾一邊躲，一邊苦笑。

其實以他的智商，早就預見到會有這一幕。只不過沒猜到，居然會來的這麼快。畢竟那個存在會來找他，很符合邏輯。

雖然夜諾接觸過的暗物質怪物並不多，但是人類的習性，其實和怪物們也有許多相通之處。例如人類的釣魚愛好者，會怎麼對付那些老是咬斷自己魚線，奪走自己餌料的小雜魚？

當然是除之而後快。

夜諾一次又一次救了被視作魚餌的張月和文惜，甚至連已經魚餌化成熟的海安也給救走了。那個在釣魚的恐怖存在，一定極為憤怒。最後乾脆從隱蔽的場所跑出來，想要弄死他。

「你妹的，不好搞啊。」夜諾突然感覺一陣毛骨悚然，他瘋了似的向後一跳，可是那根黑色的繩索已經以刁鑽的角度近在咫尺，眼看就要套在他脖子上。

他再也顧不上許多，右手一劃，手鏈上的翠綠能量像是一把鋒利的刀，脫殼而出，險之又險的將黑色繩索隔斷。

幾百公尺處的巨大存在意外的咦了一聲，顯然是完全沒有想到過居然會發生這樣的結果。自己的繩索，怎麼又斷掉了？

龐然大物再次憤怒，左右開弓，這一次拋出了兩根繩索來。

夜諾嚇得魂都飛上了天。剛剛為了切斷繩索，最後一刻玉珠子中的能量，頓然消耗掉了一半。他保命的機會，不到兩次了。鬼知道，這傢伙手裡到底有多少繩索。

「完蛋了。」夜諾額頭上不斷地冒著冷汗。

「有辦法，一定還有辦法。」他瘋狂的用眼睛觀察著四周，在記憶裡規劃可行的逃生路線。

兩根繩索一前一後的向他套了過來，夜諾一咬牙，切斷了前邊那一根，躲過了後邊那一根。之後再次加速，朝巷子深處奪路而逃。

還有一次隔斷繩索的機會。

但是他的體力，已經沒剩下多少了。

「真是這輩子的重大危機。」夜諾不斷苦笑。

他向後看了一眼，接著崎嶇蜿蜒小巷不斷遮蔽巨大虛影的視線——當然他在假設那東西是有視覺的。

夜諾在心裡有個主意。硬拚是不可能硬拚的，哪怕他思索了幾萬種可能性，自己也沒有任何一絲獲勝的可能。躲，也不是辦法。躲到天涯海角，還是出了春城虛影就無法再追過來逮自己了？

他沒辦法判斷。更何況他就連五分鐘也躲不下去了。龐大黑影攻擊他的速度和頻率，越發快起來。

現在是午夜，小巷子裡一個人也沒有。街上的路燈昏暗無比，黑色繩索飛過去時，路燈的電能彷彿受到干擾扭曲，燈光一閃一閃，顯得極為恐怖。

館。

夜諾一邊逃，一邊強行透支體力。他現在只有一個選擇，那就是逃回暗物博物館。

那個博物館同樣是個神秘的存在，在普通的物質層面的建築物中，或許是無法阻擋黑色繩索和那東西的追殺的。但是暗物博物館中就不一定了。

夜諾老是有一種感覺，暗物博物館裡每一扇門背後，或許都隱藏著一個可怕的存在。那個博物館只有他有鑰匙能開門，只要自己逃進了博物館，有大概率能得救！

時間不等人，這裡離春城中心步行街只有一公里遠。平常人跑起來，也不過幾分鐘罷了。可是這幾分鐘時間，對精疲力盡的夜諾，顯得遙遠無比。

他一口狠狠咬在嘴唇上，強自打起精神。他氣喘吁吁，隨時都會倒下去。但是意志力極為強悍的他，一直支撐著自己快要累到崩潰的身軀。

近了，很近了。

還有四百公尺！

13 可怕的血手

生死四百公尺，每一步，都極為艱難。

耍繩子的巨大怪物顯然很享受捕捉的過程，它不緊不慢的追趕著夜諾。幸好夜諾的智商不低，他跑動的速度雖然越來越慢，但是他腦袋運轉速度快啊。加上能看得到黑色繩索的模樣，可以不斷的計算出繩索的拋物線軌跡。

他逃的有驚無險，儘量不動用最後一次撒手鐧的機會，但是每一次將翠綠的玉珠子抹在眼皮上，仍舊驚人的消耗著玉珠子中的能量。

能量用盡後，玉珠手鏈會如何，夜諾來不及顧及。

還有三百公尺，兩百公尺。

眼看夜諾就要來到暗物博物館所在的那條小巷子。他跌跌撞撞的闖入午夜無人的空蕩蕩步行街。步行街上的監控錄影假如有人正在監控，肯定會看到驚人的一幕。

一個年輕男子渾身疲憊的逃著，不時以怪異的角度翻滾，橫跳，跌倒。就如同有什麼無形之物在追趕著他。

而最可怕的是每一次他躲開的瞬間，地上都會出現一條黑乎乎的，像是被飛快的鞭子抽過，灼燒後的恐怖痕跡。

夜諾跑入了巷子裡，在那虛空中，幾乎就要看到暗物博物館的大門了。而身後幾百公尺外的龐然大物彷彿察覺到什麼，猛地嘶吼一聲。

它六隻爪子一起動起來，無數的繩索被爪子拋出，在夜諾的眼睛裡，猶如鋪天蓋地，黑壓壓的朝他套過來。

數不清的黑色繩索，令夜諾心底冰冷一片。

「他奶奶的，還有五十公尺。」夜諾吼了一聲。

五十公尺，成年男子只需要十秒鐘。但是夜諾根本就沒有十秒，再過兩秒，他就會被大量的黑色繩索籠罩，被勾住套住，被那龐大的存在拖過去。

到時候，他絕對會死的很慘。

「拚了。」夜諾顧不得一切，鼓足力氣衝刺，他的嘴唇被自己咬的血淋淋，手一揮，手鏈中所有的翠綠能量都蜂擁而出，毫無保留。

黑色繩索落下來，翠綠能量猶如螳臂當車，很快就淹沒在那一襲襲的黑色中，小小的浪花都沒有掀起絲毫。但就是這一瞬間，給夜諾爭取了一絲生機。

夜諾憑著這微弱的翠綠能量，活活切開了小部分套向脖子的繩索，從一個小缺口中逃出去。

他毫不猶豫，繼續向前跑。

巨大的存在沒反應過來，它向後收繩索，想要再次扔出去。但是夜諾已經趁著這個機會，連滾帶爬狼狽不堪的撲向暗物博物館那一扇巨大的斑駁鐵門。

鐵門在他接近後，發出難聽的摩擦聲，緩慢敞開。

他連忙滾了進去，躺在那塊灰敗的草坪上，不斷的喘息著。

得救了，在最後一刻，在毫無後手的情況下，夜諾還是活下來了。

暗物博物館外，那恐怖的巨大存在發出被魚餌逃掉的憤怒嘶吼，顯然極為不甘心。它拖曳著自己巨大的幾十公尺高的身軀，以極為龐大的壓迫力，朝博物館靠近！

夜諾冷冷的看著這個接近的碩大身影，他想要看看這傢伙，是不是真的能走進博物館。

當黑色身影帶著無數繩索，來到距離暗物博物館一百公尺左右，就沒有再繼續走下去。這個巨影只有本能，但哪怕只是本能，它也能察覺到不遠處的古怪建築中，似乎隱藏著某種可怕的存在。

它有些猶豫。再次嘶吼一聲，沒有繼續接近，反而整個身體勃然站起，原本三十公尺高的軀體，又拔高了幾十公尺。活像一隻巨大的肥胖蚯蚓。

「嗚嗚。」巨大影子渾身所有繩索都爆炸似的，飛出來。結成了密不透風的網，黑壓壓的朝博物館壓下。

那驚人的壓抑，讓躺在地上的夜諾甚至無法呼吸。

就在這時，一隻血紅色的手豁然從博物館內飛出。

是管家血手！

和普通人手大不了多少的血手第一次出現在鏡子以外的世界，血淋淋的手爪顯得對那龐大存在的極為不屑。

密實的大網兜頭罩下，夜諾打起精神。他已經猜到博物館肯定有防禦機制，可沒想到作為管家的血手竟然親自跑出來。雙方身材上的對比很明顯，到底誰輸誰贏，夜諾有些期待。

接下來的一幕，徹底讓他閃瞎了狗眼。

血手違抗地心引力，無視數百根黑色繩索，一巴掌朝巨大黑影抽了過去。沒想到的是，那看起來龐然無比，現在足足有五十公尺，接近十六層樓高的存在，竟然在渺小的血手一巴掌之下，飛，飛，飛出去。

那黑影慘嚎著，轉眼間就被抽的沒了蹤影。

夜諾目瞪口呆，好半天都回不過神。這特麼，太驚人了。沒想到那個話癆血手實力竟然如此可怖。

血手化為一道血光，再次竄回到走廊上的鏡子中。寫了一段血淋淋的字：「什麼情況，叫你完成101號房的任務，你怎麼把暗物質生物惹過來。」

夜諾訕訕的笑著：「免費的保鏢，不用白不用嘛。」

血手鄙視道：「你的任務還有兩天。」

夜諾撇撇嘴，問：「那東西，到底是什麼？」

「暗物質生物啊。」

「我問的不是統稱，而是具體的分類。例如名字，最好連為什麼會存在這東西的原因，一併告訴我。」夜諾討好的笑問。

血手沒有眼珠子，不然肯定給他翻一個又圓又大的白眼：「你的許可權不夠，我不能告訴你。」

「切！」夜諾對它翻起白眼。

血手對他比了個中指。

夜諾回到管理室，將翠玉手鏈取出來。手鏈上的三顆玉珠子已經全部暗淡，失去了神采。

根據新手教程，這些玉珠子裡的能量是能夠補充的。但是現在夜諾沒辦法自己給它充能，還需要回到博物館，借助管理室內的設備。

他走進管理室，站到A４紙前。

紙上一筆一劃，躍出了夜諾的屬性。

管理員編號2174：夜諾

等級：見習期一級管理員

身體綜合素質：5

智商：190

暗能量：3

博物館許可權點：0

擁有遺物：開竅珠（2），翠玉手鏈（殘破3）

他的屬性幾乎沒有變化，只不過遺物那一欄多了兩個紀錄。

其中開竅珠中後的2，應該是代表著夜諾曾經殺死了兩隻暗物質怪物吸收到的暗能量。這些能量可以當做夜諾的經驗值，也可以消耗掉，轉化為翠玉珠中的翠綠能量。

現在危機四伏，夜諾哪裡顧得了那麼多。他命令博物館消耗掉開竅珠內儲存的能量，將翠玉珠填滿。

命令一出，只見晦暗的翠玉珠通體一閃，陡然又亮起來。

也許是夜諾的實力太過於低微，兩隻「雞一」的死亡怪物，倒也確實足夠將能量充滿。不過夜諾現在也沒明白，「雞一」到底代表著怎樣的暗物質怪物等級。

哎，不明白的地方太多了。今後再摸索吧！

夜諾滿意的看著重新恢復了翠綠顏色的三顆玉珠子，這才底氣十足的往博物館外走去。

午夜二點過，白日繁華的步行街上，只剩下陰冷。

「準備一下吧，大戰就要開始了。」夜諾看著陰森森的天空，喃喃自語：「大部分謎題，也解開了，只差給它最後一擊。」

不錯，雖然還有些許地方讓他疑惑，但是大的方向，夜諾在那個龐大的存在主動現身後，已經了然。現在只需要想辦法將那巨大的暗物質生物殺掉。

這是一場硬仗，夜諾感覺自己的勝算極低。

博物館給的新手任務，一出場就是這種存活率不高的。

這個博物館到底是怎麼回事？基於什麼目的而建造的？

這些夜諾都不清楚，但是有一件事情他倒是很明白——每個任務的期限，都是致命的，若完成不了，一定會被博物館以某種方式抹殺掉。

「我這個管理員，當的也真是憋屈。」

他苦笑著，用不多的錢住進一家小旅館。整晚都沒有睡著，腦子裡不斷的回憶著圖書館中看來的關於春蘭高架橋的資料。一點一滴，抽絲剝繭，夜諾任何細節都沒有放過。

因為忽略掉的每個細節，都會降低他的生存幾率。有生以來第一次，他的智商運用率全開。

天亮時，他走出旅館，用手機租了一輛汽車，滿春城到處跑。這一忙，就奔走到下午。

很快，和張月以及文惜約定的時間就到。

六點鐘準時，他開車到咖啡廳。兩個女孩早已經等待在昨晚的同樣位置上。

「你黑眼圈好大，活像一隻熊貓。」張月看了夜諾一眼，大吃一驚。畢竟夜諾也算小帥氣，但是今天的形象實在是太糟糕了，滿身髒兮兮，猶如去荒草堆裡轉悠了一整天似的。

夜諾瞥了她一眼，淡淡道：「有時間看我，還不如彙報下情況。你們有所獲嗎？」

兩個女孩同時搖頭：「沒有。靈異社的活動室已經被學校取締了，所有資料都被搬走了。」

夜諾並不意外，學校這麼做無可厚非：「那我們走吧。」

「去哪兒？」張月問。

「春蘭高架的龍柱下。」夜諾道：「我們今晚，重複一次十多天前靈異社幹過的儀式。」

兩個女孩頓時嚇了一大跳：「重複那個儀式，有必要嗎？」

「當然有。」夜諾緩慢的說：「那些黑色繩索太古怪了，而且昨晚，我還看到釋放那些繩索的存在。」

他選擇性的將昨晚遭遇說了一遍，張月和文惜更是嚇得臉色發白。

「情況很糟糕，而且還在朝著更加糟糕的方向發展。」夜諾歎了口氣，他今天去春城有目的的搜索了一圈後，心冷到谷底。

事情比他想的還要可怕，而失蹤者，也遠遠多得多。整個春城，都變成了那個存在捕獲魚餌的獵場，可是能夠獲救的孤島在哪裡？

兩個女孩終於察覺到事情的嚴重性，她們跟著夜諾離開了咖啡館，朝西方市中心的高架橋趕去。

理智的文惜坐在車上一直想個不停，終於忍不住了，問道：「你說要重複那個儀式。可我們在影片裡除了看到社長孫吉準備的糯米和小公雞，以及一些香蠟紙錢外，儀式最重要的那部分，根本不知道啊。」

「你是說孫吉繞著龍柱時，嘴裡默默沒有念出聲的咒語？」夜諾道。

文惜點頭：「對。」

「放心，這個我有辦法。我花了一整天時間，也將其他材料準備齊全了。」夜諾緩緩道：「這次去，破釜沉舟，你們如果發現不妙的話，立刻就逃，別管我。」

張月和文惜同時苦笑，兩個女孩雖然不安，但是求生欲佔了上風。女孩們清楚，夜諾叫她們一同去，肯定有必須要一起去的理由。

駕車不久，春蘭高架已經屹立在眼前。

時間，不過才晚上七點一刻罷了。今天的天氣異常的很，原本八點才黯淡的天際，在七點就已經黑盡了。

夜諾遠遠看了一眼高架橋下的那根聳立的龍柱，鎏金的龍柱，看起來並沒有什麼怪異，很雄偉壯觀，那頭活靈活現的龍，眼珠子更是活了似的，死死注視著身下穿梭往復的車輛。

突然，張月和文惜同時打個顫，朝夜諾身旁靠了靠。

「怎麼了？」

「那條龍的眼珠子，在看我們。」張月顫抖的說。

「你想多了，才剛天黑呢。」夜諾將車停好，並沒有靠近龍柱，反而帶著兩個女孩朝高架橋的頂端走去。

春蘭高架三橫三豎，一共有三層，接近十二車道。走到高架橋最高處，頓時置身在離地面二十公尺高的位置。他們的正下方，便是那根支撐著高架橋最中央的龍柱。

夜幕下，舉目望去，偌大的春城的路燈都星星點點亮起。商業街繁華無比，燈火通明。這個操蛋的人間，比白天更加美麗。

「從來沒有在高架橋上看過夜色，沒想到這麼漂亮。」兩個女孩雖然不安，但還是被眼前的夜景小小震撼一下。

「屏住呼吸，我再給你們看點更震撼的。」夜諾撇撇嘴，舉起右手，用手鏈輕輕在女孩的眼皮上一擦。

頓然，兩個女孩同時震驚的說不出話來。她們啞口無言，目瞪口呆，眼睛一眨不眨，渾身一動也不敢動。

漫漫春城的夜，這個擁有一千多萬人的大都市中。如果說剛才還是燈光閃爍的霓虹之美，現在完全變了。

一片如墨水般的汪洋，在人類看不到的眼中形成。緩慢流淌的墨水將整個城市都淹沒，哪怕聞不到，張月和文惜也陣陣作嘔。

這可怕的一幕，根本就難以形容。更恐怖的是，沒有人能察覺的到。人類在墨水的海洋中繼續生活，玩樂。車來車往，彷彿沒有任何阻礙。但是只有當看到真相時，你才發現，人類，早已成為了灑入海洋的無數誘餌。

只是這誘餌，還沒有成熟。

真正成熟的，是被黑色繩索套住的人類。

張月和文惜的眼中，分明看到那一汪骯髒晦氣的黑色汪洋上空，幾十條，幾百條黑色繩索從西邊天際竄出來，每一根繩索盡頭，都是一個被馴化的成熟魚餌。

這些魚餌分散在春城各處，有一些更加黑暗的生物們，正在伺機靠近，想要一口將餌料吞入肚子裡。

那個龐大的存在，在太陽下山後，再次開始了釣魚般的詭異行為。

「那東西，到底想要用我們人類，將什麼釣起來？」文惜倒吸一口氣，她怕得不行：「要釣的是那些我們看不到的黑色影子嗎？」

「可能是，可能不是。或許只有那個怪物才知道吧。」夜諾的眼中劃過一絲精芒。

「我們現在幹啥？」張月問。

「等。」夜諾看了一眼手機：「等到午夜降臨，等到臨魔時刻。」

臨魔時刻在每個國家，都有不同的時間。但無論哪個時間哪個文化，臨魔時刻代表的意思，都是相同的。

那就是一天當中，最黑暗最陰霾，陽氣落地，陰氣升起的瞬間。

在國內的文化中，那就是十一點五十五分。

苦苦等了好幾個小時，期間夜諾用手鏈上的翠綠能量將張月和文惜脖子上的黑色繩索打斷，惹得那個要繩索的存在憤怒不已。

終於，逢魔時刻來臨了。

夜諾按照靈異社留下的影片，完全還原當日儀式的所有過程。用附近的鵝卵石做了幾十公分高的石塔，周圍撒上了潔白的糯米。點燃了香蠟紙錢，就連小公雞也殺了，端著它的血繞著龍柱灑。

張月和文惜很緊張。特別是文惜，她完全想像不出來，夜諾怎麼能在一天之內搞得到靈異社的社長孫吉得到的那本書上的咒語。

可接下來，她完全呆了。

臨到需要咒語時，夜諾竟然毫不猶豫的念起來，念的有模有樣。不多時，當他們不多不少的繞著龍柱轉彎九圈後，三人同時打個冷噤。

陰冷的高架橋下，彷彿有什麼東西，變了。

黑乎乎的液體，突然從石塔的頂端冒出來。糯米一碰到黑色液體，就散發出驚人的熱量，潔白的軀體被染黑，燒焦一般的黑，甚至發出了噁心的惡臭味。

「怎麼可能。」文惜驚訝道：「沒想到你念的咒語竟然是真的。你哪裡搞來的書？」

「那本書我調查過，應該是幾十年前，死掉老和尚的日記本。隨著孫吉的失蹤，一併失蹤了，怎麼可能找得到。」夜諾一眨不眨的看著焦黑的糯米。

「那你怎麼……」文惜更不明白了。

「很簡單，唇語術。」夜諾解釋道：「雖然影片裡孫吉念咒語的時候一直沒有念出聲，但是他為了將影片拍清楚些，全程都將攝影機對準了自己。咒語這種東西，根本不需意思。只要發音清晰就好了，我讀懂他的唇語，按照發音讀一次。就能輕鬆的完成儀式最關鍵的一步。」

文惜不知道該說什麼，鬱悶道：「一直以來我都覺得自己智商高，算了，我果然只是個正常人，和妖孽沒法比。」

話音剛落，張月突然尖叫了一聲。

「什麼情況？」夜諾皺眉望去。

「那隻雞。」張月指著剛殺的小公雞，指尖發抖。

地上那隻幾乎被放光了血，已經沒有腦袋，死的不能再死的公雞，全身都在顫抖。劇烈抖了幾下後，竟然渾身僵硬的跳起來，在地上無頭蒼蠅似的奔跑。

這一幕，太詭異了。

「別怕，雞的神經傳遞在死亡時會出錯，所以經常有殺了雞後亂跑的情況。甚至前些日子英國有一隻雞，沒腦袋後活了一個多月。」夜諾安撫兩人。

可這隻雞的情況明顯不對勁兒。它跑了一陣子，之後就竄到龍柱下，繞著龍柱轉圈圈。繞著繞著，就飛起來。不，與其說飛，不如說是被什麼拽到空中。

文惜額頭上冒出一滴冷汗：「你說的情況，包不包括這個？」

「不，不包括！」夜諾苦笑。特麼，死掉的雞，現在竟然都能脫離地心引力了。超自然的一幕，讓三人目瞪口呆。

「來了。」夜諾強自鎮定：「要來了！」

他吐出幾個字。

儀式之後，就是徹徹底底的影片中完全沒有記載的未知。到底會發生什麼，他心裡沒底。夜諾只是感到，周圍的冷意更加的鋪天蓋地。猶如刮起了一場看不見的暴風雪。

陰氣呼嘯，四周全是充滿惡意的氣息和壓抑。

猛然間，大量的黑色繩索，瘋了似的從天空中被甩了過來。

「快躲開！」夜諾拉著張月和文惜急忙躲開，才發現，繩索的目標，根本就不是他們三人。

無數繩索拚命將那根鎏金的龍柱，捆了個結實。

而夜諾這時候才發現，不知何時，龍柱，早就發生了變化！

——尾聲——

龍柱上，長達十多公尺的石龍，不光睜大了眼睛。而且連嘴巴也一併展開了。這簡直不科學。儀式之前，夜諾曾經好幾次檢查過這條龍柱上的龍。

龍確確實實是石頭雕刻出來的，根本沒有機關。但此時此刻，石雕的龍，居然張嘴了。

斗大的嘴巴中，露出了黑漆漆的洞口。那洞口筆直向下，深不可測。一襲刺骨的涼意從龍嘴中噴出，石龍眼裡，射出詭異的光芒，似乎在等人走進去。

「龍柱竟然是中空的？」張月倒吸一口氣，她冷得抱住胳膊。

文惜還算鎮定：「我們要進去嗎？」

「當然要進去。」夜諾看著洞口，撇撇嘴。

「但假如靈異社的幾個人正是因為完成儀式，進入了龍嘴才失蹤，那我們進去，不過是凶多吉少罷了。」文惜猶豫道。

夜諾看了兩個女孩一眼：「你們是不是會錯意了？」

張月和文惜遲疑一下：「會錯意？」

夜諾指了指自己的臉：「我的意思是，要進去。但只需要我一個人進去。你們兩個，要在外邊替我去做一些事。」

兩個女孩睜大了眼：「不行，怎麼能這樣。我們……」

「好了，不要浪費時間了。」夜諾不耐煩起來，他湊到兩個女孩的耳邊，悄悄說了幾句話後，視線朝西方天際一瞥，之後毫不猶豫的朝龍嘴中走去。

兩個女孩都在發呆，她們完全搞不清楚，夜諾讓她們做的零零散散的事情，究竟是想要幹啥，有什麼用。

「動作快點，我的小命，就要靠你們了。」夜諾用力揮動手臂，手腕上翠綠能量噴瀉而出，生生將那些密密麻麻的黑色繩索隔斷。他進入龍嘴前，留下最後一句話。

兩個女孩一咬牙，再也不看那條詭異的石龍一眼，馬不停蹄按照夜諾的吩咐，分別朝東邊和南邊兩個方向跑去。

那一夜，誰都不知道究竟發生了什麼。但黎明升起，整個春城，似乎又恢復了平靜。但是春蘭高架下的石龍，民眾看到後，全都嚇壞了。

盤踞的石龍，通體鎏金變得斑駁不堪，脫落了一地。最怪異的是，原本睜開的龍眼，竟然合攏了。彷彿整只龍，都沉睡了般。

沒有人知道原由，這件事，甚至當作新的都市怪談，大量的自媒體人、博客和當地的電視臺都來取景取材，眾說紛紜。

不過真正知道真相的人，現在正坐在咖啡館裡，慢悠悠的喝紅茶。

「夜諾先生，你從龍嘴裡進去後，在那根龍柱下發現了什麼？」張月喝了一口茶水，好奇地問。

夜諾眼睛都在發光：「那裡是一座墳墓。古墓，大約有幾千年歷史了。春蘭高架的龍柱，就打在古墓的斷龍石上。那塊斷龍石非常詭異，竟然是用巨大的銅合金製作的。而且最離奇的是，這個古墓分明存在，卻又像是不存在似的。現代儀器，根本檢查不出來。只能憑著肉眼看到。」

文惜撐住下巴，很驚訝：「竟然是古墓。古墓裡有什麼？」

「當然有文物啊，不過都不算值錢。幾十年前的那個老和尚有點意思，他豎起那根龍柱，根本就是別有圖謀。說不定為的就是要把墳墓打開。可惜，他沒有活到墓開的那一刻。」夜諾嘿嘿笑了兩聲。

「這個古墓，和靈異社幾個社員，以及海安，語蓉的失蹤，甚至套向我們脖子上的繩索，有關係嗎？」張月不解道。

「應該是有關係的，畢竟古墓裡最重要的東西不見了。那東西，怕是老和尚不知道謀劃了多久想要得到，卻到死也沒有如願。」夜諾看了看表：「有沒有興趣去跟我看看真相？那晚上讓你們幫我佈置的陷阱，現在應該已經奏效了。」

「你讓我們做的事，是在佈置陷阱？」文惜眨著眼，一臉難以置信。那些零零碎碎的小事情，怎麼就變成陷阱了？

兩人疑惑的跟著夜諾，租了一輛車，朝西郊行駛而去。已經一天過去了，女孩們的脖子上都沒有再出現過黑色繩索。本以為事情已經結束了，但是看夜諾的表情，彷彿真正的戰鬥，才剛剛開始。

西郊，那些黑色繩索，全都是從西郊扔過來的。那個龐大的存在，應該就是藏在西郊某一處。

夜諾不時看著表，離自己任務完成的期限，最多還剩下十小時。時間禁不起消耗了，如果到時候任務還沒完成，他不知道會怎麼死。

車出了城，來到一片普普通通的居民社區外。

夜諾用手鏈擦擦眼睛，冷哼一聲：「到了！」

這片社區大約有三十多年的屋齡，維修不到位，外表看起來很破爛。斑駁的牆皮垂在空中，地上瘋長的樹木將本就不多的天空遮蓋滿，密不透風，看起來很逼厄壓抑。

張月和文惜一頭霧水的跟著夜諾爬到3棟504號房門前。夜諾沒有進去，只是在門口敲了敲。

「開門吧，你輸了。」他淡淡道。

門內一片沉默，並沒有人說話。

「你不開門的話，我就自己進去了。」夜諾撇撇嘴。

隔了好長時間，才傳來沙啞的男子聲音：「你是怎麼找到這兒的？」

「順著你留下的痕跡，找到你，不難。」夜諾笑起來。

屋裡男子又是一陣沉默。

兩個人打啞謎似的，讓張月和文惜更加摸不著頭腦了。

「夜諾先生，裡邊說話的人是誰？」張月問。

「裡邊躲著的人，就是整個事件的幕後真凶。」夜諾說：「對吧，孫吉先生？」

門，吱嘎一聲，發出了淒厲的摩擦聲，朝外開啟。屋子裡黑漆漆的，彷彿隱藏著一隻受傷的猛獸。

「孫吉，靈異社的社長，他就是抓著黑色繩索的那個存在？那個可怕的怪物，竟然是人類？」文惜大吃一驚。她完全沒想到，真相，居然這麼離奇。

「走，進去。」夜諾將門徹底推開，三人走入屋裡的黑暗中。

在這個破敗的房間裡，一個男子正坐在牢牢拉著窗簾的窗戶前。他見三人進入後，這才咧嘴一笑：「你什麼時候發現我的身分的？」

「我很早就懷疑你了。」夜諾說：「而最終讓我確定的那件事，是幾天前的晚上。我重複你的龍柱儀式，而你卻沒有攻擊我們，竟然想要將龍柱捆死，不讓石龍張口，妄圖阻止我進去。當時我就在想，為什麼那個抓著繩索的存在，要這麼做？那個東西的思維，太人性化了，雖然表面上故意裝成了毫無智慧的模樣。可那一幕，徹底暴露了它的意圖。石龍不能隨便張嘴，否則，就會將你好不容易才弄好的佈局，徹底毀掉。」

孫吉歎了口氣：「可惜，你確實把我的好事毀了，我花了三年時間才弄清楚龍柱的秘密。你毀掉我，只用了一晚上。所以，給我去死。通通都去死！」他怒吼一聲，整個人瘋了似的脹大，黑色的灰燼猶如膨脹的空氣，填充著他，讓那個黑影不斷巨大化。

老樓在這巨大化的暗物質能量中，發出嘶啞破裂的聲音。孫吉跳出了窗戶，整個人都浮在空中。黑暗的陰影包裹了他，讓他變得極為可怕。

樓房似乎要在他的擠壓下徹底碎裂了。張月和文惜嚇得不輕，拉著夜諾就要逃，可是夜諾卻始終一動也不動。

「傻逼！」他看著那巨大化的人影，眼中閃過了一絲鄙視。

巨大的存在變成了蚯蚓般站立的長長繩索，這有生命的繩索擁有六根爪子，每一根爪子上都抓著上百條黑色繩子。

每一條繩子的末端，都牽著一個人類。

張月和文惜恍然大悟。難怪進了這棟老小區時，會有一種古怪的感覺。因為樓裡樓外完全沒有人來來往往的走動。所有人，都被那龐大的怪物，套上了繩索，變成了釣餌。

化身為巨大怪物的孫吉六隻手一揚，繩索翻飛。被繩索控制的人行屍走肉似的，從各個房間湧出，朝夜諾三人抓過來。

那些人密密麻麻的攀附在樓外，不斷向上爬。眼看就要爬到六樓，打破窗戶，闖進來了。

「我們怎麼辦？」文惜手嚇得發抖。

夜諾又是一聲冷哼，掏出手機，厲聲道：「孫吉，你真當我是白癡，真把你當做是幕後真凶了？」

他的話，不止巨大黑影化了的孫吉一愣，就連文惜和張月也全愣了。

「我再給你一次機會，把你剛剛得到的那個東西給我，我就饒你一命。」他說道。

孫吉在黑影中，發出嘶啞的難聽笑聲：「臭小子，死到臨頭了還嘴硬。我看你就在故弄玄虛。」

「那好。」夜諾聳聳肩膀：「給過你機會了，你不要。那就去死吧！」

說完，他輕輕按下了手機上的遙控按鈕。

那抓滿黑色繩索的存在像是戲謔的笑著，可突然臉色大變：「怎麼可能，你怎麼知道我的真身在哪裡？嗚嗚，好痛，好痛。你用了什麼東西能傷得了我？」巨大黑影猛然間就崩潰了，一起崩潰的還有它手裡的繩索，以及繩索那一端捆住的人。

密密麻麻的人餌從樓房的外牆上掉落，猶如微不足道的死蟲子，堆積了一地。慘不忍睹的場景，看的兩個女孩渾身發顫。

「這到底是怎麼回事？」張月完全不明白。

明明說靈異社的社長孫吉是幕後真凶的，可看起來，不太像。夜諾將兩人帶到巨大黑影消失的位置，孫吉一臉醬肉色，渾身都有泡水後發脹的可怖模樣。他應該早在十多天前就已經死了。

死因，是他殺。孫吉的脖子上有一個巨大的傷口，不知是誰用刀偷襲了他。

「所以說孫吉並不是真凶，而是被真凶操縱的一具屍體罷了？」文惜努力的在理清狀況：「真凶又是誰呢？夜諾先生，你真的殺了真凶，太難以理解了，你明明就在我們旁邊，是怎麼做到的？」

「不錯，是我傷了他，至於死沒有死，等一下就知道。」夜諾低著頭，一直在觀看地面，也不知道究竟在觀察什麼：「說起來，那個殺人陷阱，還是你們替我佈置的。」

張月睜大了眼睛：「我們就是按照你的吩咐，用你拿來的東西，擺放到幾個位置上。怎麼就變成陷阱了？」

夜諾嘿嘿一笑：「有時候，佈置陷阱跟魔術差不多，分開的步驟似乎沒啥大不了，可是合在一起，效果會很驚人。」

他沒有繼續解釋，畢竟術業有專攻，說多了她們依然難以理解。夜諾帶著兩人趁著漸漸低沉的夜色，再次趕往龍柱下。

在龍柱隱蔽的地方，張月和文惜又是大驚，她們被眼前的景象弄懵了。只見一顆足足有一噸重的大石頭滾落在龍柱附近，石頭下是一個砸出來的大坑，坑裡全是血。

極重的石頭邊緣，壓著整條胳膊。胳膊的斷裂處慘不忍睹，筋肉、血管和皮膚參差不齊，像是被什麼生物咬過。

夜諾有些佩服：「那個傢伙不光對別人狠，對自己也狠。我故意壓斷了她的手，不傷她性命，就是想要抓活的。可沒想到她竟然用嘴把自己的手連肉帶骨頭全咬斷了。這種毅力，佩服佩服。」

兩個女孩小臉頓時發白，嚇壞了：「這竟然是兇手自己咬斷的，太恐怖了，那人竟然能對自己這麼狠。」

「誰說不是咧，美國的人類學家曾經研究過，女人的忍耐力、毅力比男人的絕對值高的多。女人凶起來，男人會被完虐。以前我還不信，現在我舉雙手贊成。」夜諾嘖嘖兩聲，跑到車上去拿千斤頂。

「女人，你說兇手是女人？」文惜愣了愣：「難道是靈異社的副社長，羅琳？」

「羅琳？噗，你們真天真。」夜諾搖搖頭，沒有公佈答案。他用千斤頂將巨石挪了位置，那斷掉的手，赫然就出現在眼前。

被壓壞的手，雖然模樣可怖，但是手上的幾處痕跡，以及戴著的首飾，讓張月和文惜都同時愣了愣。接著難以置信的，瘋了似的跑過去，盯著那斷手，久久都沒有說話。

「怎麼可能，這手——是海安的。我認得她的手，這個傷口，是在高二的時候摔的，還縫了三針咧。」文惜渾身都在抖，她無論如何都無法相信，真凶，竟然是她們最熟悉的人。

最好的閨蜜，無話不談的夥伴，一同用嘴炮抵抗邪惡的學校制度的朋友。

怎麼會是海安？

夜諾沒管僵硬的張月和文惜，他樂呵呵的掰開海安的斷手，從她的手心裡，找到一個小巧的青銅盒子。這個盒子銅銹斑駁，不知道多少年了，但是鑄造的異常精緻，通體沒有任何縫隙，像是個整體。

但是用手輕輕一搖，又是中空的。裡邊分明有某種硬物在搖晃中發出了碰撞聲。

「怪了，裡邊有東西？有什麼東西？」夜諾好奇道。

還有更怪的，這個銅盒子明明是密封的，沒有開口，更不能開啟。但是外表卻被九根銅鎖鏈牢牢捆住。九根銅鎖鏈環環相扣，捆成了死結，無法解開。有如這銅盒的內部，封印著某種可怖的不祥之物，必須要牢牢鎖死，不讓任何人打開。

「這東西，我見過！」夜諾擰緊眉頭。

不錯，類似的東西，他確實見過。當初在家裡找死掉老爸的私房錢的時候，翻出來的裝著博物館鑰匙的那個銅箱子，就和這個差不多模樣。只不過大了許多而已。

這代表著什麼呢？

夜諾上下打量著這個銅盒之下，發現了這盒子上方隱晦的刻著一些古老的文字。

這文字是小篆的古老雛形。

「陳氏之骨，災厄之體。絕不能開啟此盒，否則必迎來滅世災難。」

夜諾將這行文字讀完，有些不服氣。好大的口氣，一個小小的盒子裡，竟然裝著滅世災難。

好吧，101號房的任務，大概要的就是這個，至少自己的任務完成了。

「回去了。」夜諾心情大好，也不理會文惜和張月，拔腿就想要趕回暗物博物館交任務。

張月眼疾手快，一把拽住了他：「這究竟是怎麼回事。真凶，怎麼會是海安？」

「你們傻啊。」夜諾皺了皺眉：「靈異社的影片裡，一共出現了幾個人？」

「五個啊。」張月扳著手指：「社長孫吉，副社長羅琳，社員語蓉、張佳、袁兵。」

「你確定？」夜諾問。

張月又想了想，搖頭：「沒別人了。」

「那麼我簡單的問你一句，你仔細的研究過影片沒有。這五個人，最後都在繞著龍杜搞儀式的時候，到底是誰在走來走去拍影片？」夜諾說：「再想想，為什麼前幾日我要你們和我一起去重複儀式，而不是我單獨去？」

「啊！」張月眨著眼，腦筋轉不過來。

文惜渾身都涼了：「對啊，當晚的影片，一直都有人在替靈異社拍，根本就沒有固定在某處。不然夜諾也不可能看清孫吉念咒語時的嘴了。而且，那個儀式，恐怕是需要三人以上的單數，才能完成吧？」

「孺子可教。」夜諾點頭：「我就是從這些細節處發現問題的。當我推測，還有第六人在場時就開始思考了。究竟是誰，為什麼在那兒？我有個猜測。那個第六人，應該是收到邀請，臨時趕去幫忙的。只不過事情的發展，超出了她的意料之外。語蓉臨時有事走了，影片裡沒有完成的儀式，就由她代替了。那晚，石龍張嘴。一起進入石龍下方古墓的靈異社團員們，都獲得了某種超自然的力量。這些力量，觸動了人類最貪婪的黑暗。最終，猶如煉蠱似的，只有海安活下來。這女孩雖然不是最強壯，也不是心機最深的，可她，卻是所有人中最狠毒的。畢竟，你們把她當朋友。人家海安卻不這麼想，第一時間就想起你們，要把你們製作成第一批餌。不過她掌握了那種力量後，卻因為某種原因把這個東西，落入了暗物質裂縫中。」

夜諾將手裡的青銅盒子舉起來。

「海安或許在得到力量的時候就明白了，正是這個盒子給予她力量，甚至還可以讓她變得更強大。但是那暗物質裂縫她無法進入。於是她用她得到的超自然力量，將暗物質能量撚成黑色繩索當成魚線，將人類當做餌料，操縱他們，妄圖想要將盒子從裂縫裡釣出來。她也很聰明，自從知道我能夠看到那些繩索，甚至還能割斷它。就開始不斷的搞鬼，故布疑陣。但是這些疑陣太小兒科，全被我看透了。我反過來利用她的陷阱，這麼幾天一直都在偷偷觀察她。直到昨晚，我察覺到她就要成功了。海安昨晚在逢魔時刻之後，成功的從暗物質裂縫中將這個青銅盒釣出來。很好，我就順著她的陷阱找過去，故意讓她認為，我誤會兇手的真身是孫吉。她中計了，我贏了！所有事情，就是這麼簡單。」

夜諾將前因後果簡單的講述了一遍，但是其中的勾心鬥角，佈置和反佈置，他和海安看不見的心理戰，卻一丁點都沒有提及。實際上真正的狀況，遠遠要比他說的兇險的多。

他只需要走錯一步，就會死。畢竟海安能利用的力量太可怕，遠遠比他強大的多。而自己，只能靠三顆玉珠子被動防禦，在那股力量前，杯水車薪。

可是夜諾畢竟是夜諾，他終究還是勝利了，拿到最終的勝利品。

不管張月和文惜接不接受這個事實，這件事，已經徹底落下了帷幕。夜諾和兩個女孩道別後，馬不停蹄的朝隱蔽處的暗物博物館趕去。

他有些焦急，開車的時候，看著夜色，視線卻不知道飄去了哪裡。海安失蹤，雖然斷了一隻手，但是她那詭異恐怖的力量仍舊還在。如此狠毒的女孩，被自己擺了一道後，肯定會報復。下次見面的時候，鬼知道會發生什麼。

春城的夜，依舊。像是一座人與人之間的孤島，只不過墨黑的潮水已經散去。夜諾直到拿到那個青銅盒子，才明白了101號門前的任務，為什麼提到孤島和孤獨者。

海安、語蓉、張月和文惜四個女孩。看起來友愛平和，有說有笑，和樂融融，但是，她們真的都瞭解對方嗎？

人和人，又何嘗不是如此。

每一個人，都是一座孤島。只有最孤獨者，才能成為催熟的上等魚餌。語蓉是，張月是，文惜同樣也是。一個寢室四個人，統統都是孤獨者。隱藏在孤獨中，偷偷的舔舐傷口。只有在人前，才假笑。

這樣的人，在一個城市中不計其數。

孤島不是孤獨者的救贖，而是唯一能活下去的地方。101號門佈置的任務，孤島和孤獨者，指的並不是某一種人，或者某一種地方。而是有著更深的意義，更像是在告訴夜諾，那是一種需要深思熟慮後，才能分析出來的位置座標。

那個地方，也是青銅盒子落入的暗物質裂縫入口。只有在那個地方，海安才能用超能力，將魚線和人餌扔下去，將銅盒子打撈起來。

夜諾解讀出任務背後的意義後，對照了答案，在那個位置佈置物理陷阱，之後又設計了心理陷阱。海安果不其然落入了陷阱中，讓他成功了。

一步一步，步步驚心。但是暗物博物館有六十多扇門，這一次夜諾能贏，不過是憑著機智和腦洞僥倖勝利罷了。下一次，下一扇門會給他佈置什麼更加要命的任務，他會死於哪一扇門前。

他不知道。

他急需要得到更多保命的辦法，哪怕是多知道一些暗物質生物和暗物質能量的情況，也能增加自己的生存機率。

希望門後，有能幫助自己的東西吧。

夜諾歎了口氣，走入暗物博物館的大門。他拿著青銅盒子，有些緊張。

不知何時，血手已經出現在 101 號門前的鏡子中。

夜諾咽下一口唾沫，將盒子湊到門前。101 號門直接將盒子吞了進去，之後悄無聲息的，門上的鑰匙孔，出現了。

他掏出身上那一大把鑰匙，找到101號門的那一把，一臉嚴肅的將鑰匙插進去。

對於門後有什麼，他一直充滿想像，充滿好奇。等了那麼久，拚命了那麼久，終於能開門了。

門後，到底有啥？是某種暗物質生物，還是有更神奇的博物館收藏物？到揭曉的時候。

他輕輕一扭動鑰匙，門鎖發出㗭噠的響聲。夜諾輕輕將門推開。

光，強烈的亮光，映入眼簾。

但當他的眼睛適應光線，看清楚門內的事物時，夜諾整個人都因為驚訝，呆住了！

——本集終——

夜不語作品 34

怪奇博物館 101：黑色繩索

國家圖書館出版品預行編目資料

怪奇博物館 101：黑色繩索 ／ 夜不語 著.
— 初版. — 臺北市：春天出版國際，2020.06
面；　公分. —（夜不語作品；34）
ISBN 978-957-741-276-8（平裝）
857.7　　109007174

ISBN 978-957-741-276-8
Printed in Taiwan

作者	夜不語
總編輯	莊宜勳
主編	鍾靈
責任編輯	蘇星璇

出版者	春天出版國際文化有限公司
地址	台北市忠孝東路四段303號4樓之1
電話	02-7733-4070
傳真	02-7733-4069
E-mail	story@bookspring.com.tw
網址	http://www.bookspring.com.tw
部落格	http://blog.pixnet.net/bookspring
郵政帳號	19705538
戶名	春天出版國際文化有限公司
法律顧問	蕭顯忠律師事務所
出版日期	二〇二〇年六月初版
定價	220元

總經銷	楨德圖書事業有限公司
地址	新北市新店區中興路二段196號8樓
電話	02-8919-3186
傳真	02-8914-5524